LA LUZ QUE SURGIÓ
DEL CIELO

ExLibric

MIGUEL COSTA

LA LUZ QUE SURGIÓ
DEL CIELO

EXLIBRIC

ANTEQUERA 2021

LA LUZ QUE SURGIÓ DEL CIELO
© Miguel Costa http://www.miguelcostablog.com
Diseño de portada: Dpto. de Diseño Gráfico Exlibric

Iª edición

© ExLibric, 2021.

Editado por: ExLibric
c/ Cueva de Viera, 2, Local 3
Centro Negocios CADI
29200 Antequera (Málaga)
Teléfono: 952 70 60 04
Fax: 952 84 55 03
Correo electrónico: exlibric@exlibric.com
Internet: www.exlibric.com

ISBN: 978-84-18912-39-9
Depósito Legal: MA 1211-2021

Nota de la editorial: ExLibric pertenece a Innovación y Cualificación S.   L.

MIGUEL COSTA

LA LUZ QUE SURGIÓ
DEL CIELO

No hubo una mano amiga que me sostuviera
la noche que encontré la senda antigua,
cuando alcancé la cima y descubrí
aquel valle de muerte y desolación:
sobre la Colina de Zaman emergió
la mole enorme de una maligna luna,
alumbrando malezas y enredaderas que crecían
sobre ruinosos muros nunca antes vistos por mí.

La senda antigua
H. P. Lovecraft

Prólogo

San Lorenzo, el pueblo maldito

La luz que surgió del cielo es una antología de relatos del escritor Miguel Costa ambientados en el pueblo de San Lorenzo, un pueblo imaginario situado en las tierras oriolanas, cerca del embalse de La Pedrera. La antología se compone de siete relatos, desde «El pueblo» a «El hostal», y acabando con «La habitación negra», entre otros.

Sus relatos están inspirados en el escritor de terror H. P. Lovecraft; de hecho, su título nos lleva a otro muy conocido del escritor estadounidense, *El color que cayó del cielo*. Un guiño intencionado que nos hace Miguel Costa y que nos anuncia ya lo que está por venir.

El atractivo de sus relatos radica en la sorpresa que estos traen consigo. Nunca sabes qué esperar, pero siempre sabemos que algo acecha en las tierras malditas. Por tanto, la tensión y el interés están siempre a flor de piel, y Miguel Costa, con su narrativa fluida y cuidada, no nos defrauda en ningún momento.

San Lorenzo es un pueblo en el que moran seres de otros mundos, que reptan desde la oscuridad y pervierten todo lo que tocan. Sus habitantes son extraños, silenciosos, y están llenos de secretos inconfesables. La propia tierra rezuma maldad. Son tierras inhóspitas, de nieblas que cubren las casas y palabras de otro mundo que resuenan entre sus paredes. Un lugar de pesadilla en el que lo onírico se mezcla con lo real y nos atrapa. Así el subconsciente, como en Lovecraft, juega también en estos relatos un papel fundamental. La noche, los ruidos en la oscuridad, los seres de otros mundos que deambulan por sus alrededores, las palabras malditas, todos estos elementos servirán para arrastrarnos a una atmósfera macabra llena de miedos y angustia.

Los relatos están escritos en primera persona, lo que nos ayudará a sentirnos inmediatamente identificados con el protagonista. Sentiremos su angustia o su extrañeza, su locura o su maldad, dependiendo del relato. Esta identificación hará que vivamos con el personaje esa confusión entre lo real y lo irreal, entre el subconsciente y lo consciente, lo que separa la locura de la cordura. Elementos estos que hacen que los miedos que todos sentimos y que nos acechan en la oscuridad nos atraigan a ese mundo maldito, a ese San Lorenzo lleno de incógnitas del que nos quedamos con ganas de saber y conocer más.

Y como dice Lovecraft:

> *No hay en el mundo fortuna mayor, creo, que la incapacidad de la mente humana para relacionar entre sí todo lo que hay en ella. Vivimos en una isla de plácida ignorancia, rodeados por los negros mares de lo infinito, y no es nuestro destino emprender largos viajes. Las ciencias, que siguen sus caminos propios, no han causado mucho daño hasta ahora; pero algún día la unión de esos disociados conocimientos nos abrirá a la realidad, y a la endeble posición que en ella ocupamos, perspectivas tan terribles que enloqueceremos ante la revelación, o huiremos de esa funesta luz, refugiándonos en la seguridad y la paz de una nueva edad de las tinieblas.*

Virginia Alba Pagán

El pueblo

Remoto pueblo perverso
de angustia y sufrimiento,
de olvidados árboles,
de dolor sediento.
¡Triste pueblo avieso!

I

Regresé a San Lorenzo después de residir más de cuatro décadas en la capital de la provincia, donde trabajaba en el ayuntamiento, concretamente en un departamento de administración. Pero el tiempo pasa rápido, sin piedad, marchitándonos como marchitan las hojas amarillas de los chopos que cubren las tierras de los cauces de los ríos y arroyos de montaña en el triste otoño; y así, casi sin darme cuenta del paso de los años, como la mayoría de las personas que conozco, llegué a la vejez y a la penosa edad de jubilación. Pronto la muerte llamaría a mi puerta, esa maldita ramera que meses atrás me había separado para siempre de mi esposa, mi querida amiga y compañera, con quien había pasado muchos años de mi vida, tras unos angustiosos meses de enfermedad y abatimiento, y al final muerte. Al fallecer mi esposa, me encontré tremendamente solo.

—No te vayas, papá —me dijo un día mi único hijo, poco antes de partir hacia San Lorenzo—. Aquí estamos nosotros.

Mi nuera, con mi precioso nieto en brazos, sonrió y asintió con la cabeza.

—Esta casa me trae demasiados recuerdos, *nene* —respondí, como abstraído en mis pensamientos, casi a punto de llorar, mirando una fotografía familiar donde estábamos todos juntos.

Por aquel motivo opté por irme de aquel céntrico piso, intentando no pensar en mi futuro, y volví al remoto pueblo de mis padres y abuelos, y tal vez de todos mis antepasados.

Atrás quedaban los momentos felices, ahogados en el pasado marchito.

II

Un día nublado, caminaba por un sendero de la montaña, entre los árboles olvidados y enfermizos de aquella baldía comarca levantina, cuando de repente algo se agitó detrás de mí. Me giré con premura y no observé nada extraño, solo árboles y hierbas.

—¿Qué demonios ha sido eso…? —me pregunté, al tiempo que un escalofrío me recorría todo el cuerpo, desde la cabeza a los pies.

Se acercaba el ocaso y recordé un episodio turbador que nos había ocurrido a mi hermano pequeño y a mí cuando solo contábamos con diez y doce años, respectivamente.

Aquel día caminábamos por aquel mismo paraje solitario cuando nos cruzamos con él. No sabíamos bien qué criatura era, pero sí puedo afirmar con certeza que era horrenda. Tenía una cabeza grande y un rostro monstruoso, pero en cierto modo también familiar, y un cuerpo humanoide extremadamente delgado, famélico como el de un moribundo ante el umbral de la muerte. Nos miró con sus enormes ojos *no humanos* y comenzó a caminar rápidamente hasta perderse en la espesa vegetación.

A su vez, nosotros salimos corriendo hasta que alcanzamos las primeras casas de San Lorenzo, donde mi hermano se abrazó a mí y comenzó a llorar aterrorizado.

Nunca le contamos a nadie lo que habíamos visto porque probablemente pensarían que mentíamos. Sin embargo, muchas noches después las pasamos en vela, aterrados, con los ojos como platos, como los de la extraña criatura que nos martirizaba en nuestras pesadillas muy a menudo.

Ahora logro recordar que uno de los días más felices de mi vida fue cuando me fui de allí y me trasladé a la ciudad.

III

Aceleré la marcha sin dejar de mirar, de vez en cuando, hacia atrás. Estremecido como aquel asustado niño de doce años del pasado.

De repente sentí un tirón en la pierna derecha y tuve que detenerme en seco.

—¡Oh! —me quejé de dolor, y en aquel momento algo se movió de forma violenta entre los árboles—. Mierda…

Intenté avanzar, pero no podía. El tirón había sido fuerte.

—Maldita sea —suspiré, tembloroso.

Di un paso y luego otro más, y aunque sentía un dolor intenso que me recorría ya toda la pierna, avancé lo más rápido que pude, sin dejar de mirar a mi espalda como un loco.

Veía ya a lo lejos las primeras casas del pueblo cuando distinguí ante mí moverse una sombra entre la vegetación, a mi izquierda, y me detuve súbitamente. El corazón parecía que se me saldría del pecho. Miré a mi alrededor y cogí una piedra grande del suelo, dispuesto a lanzársela a quien pudiera atacarme.

Avancé más y más hasta llegar a la altura del lugar donde había visto la sombra. Levanté el brazo con la piedra, lo traspasé y respiré, momentáneamente, aliviado cuando nada me atacó. Tal vez, lo que estaba allí oculto había intuido mis intenciones y no se había atrevido a asaltarme.

Al final, llegué al pueblo. Recorrí las calles desiertas con la respiración agitada. Entré en casa y cerré con llave.

IV

En más de una ocasión he pensado en volver a mi antiguo hogar de la ciudad. Sin embargo, y aunque suene a demencia, una fuerza desconocida me lo impide una y otra vez. Una fuerza poderosa que anida en lo más profundo de estos parajes de desolación. Una fuerza extraña que me habla en sueños cada noche. Una fuerza sobrenatural que no es de este mundo, como yo mismo, mis antepasados y muchos vecinos de este pueblo maldito y solitario.

Por eso, cuando me contemplo fijamente ante el espejo, me identifico cada vez más con la criatura que vi de niño en el bosque.

El agua

Tempestad de muerte y maldad
en los parajes más apartados;
en solitarios y tenebrosos lugares,
donde la oscuridad ha desgarrado
mis entrañas sin piedad.

Dormía plácidamente en mi habitación cuando un pinchazo intenso en el estómago hizo que me retorciera de dolor. Di un alarido, que sonó estrepitoso en el silencio de la noche, y con fatiga fui incorporándome poco a poco, hasta que busqué a tientas el interruptor de la luz. Lo encontré y accioné, y la lámpara del techo se encendió y me deslumbró por momentos.

—¡Mierda! —exclamé—. ¿Qué me ha pasado?

Tras unos segundos, los ojos se acostumbraron a la luz. Me levanté el pijama y me toqué el abdomen.

—Lo tengo hinchado —me dije, estupefacto—. ¡Demasiado hinchado!

Pero ¿cómo era posible? Escasas horas antes me había acostado bien, sin ninguna molestia. ¿Por qué sentía ahora aquel intenso malestar que me arrastraba hacia un abismo de sufrimiento? «¡La cena! Algo me ha sentado mal», pensé. Sin embargo, había cenado poca cosa: una tortilla, un trozo de pan y de postre un yogur natural, nada más.

«Entonces, ha sido el agua. El agua de la tormenta pasada», reflexioné. Aunque aquello sonaba raro, algo me decía que estaba en lo cierto, que no me equivocaba. El causante de mi malestar era el agua de las lluvias del día anterior que habían azotado todas aquellas tierras baldías y que canalizaba a través de los canalones hacia el aljibe que había en el patio de la casa.

Me seguía tocando el vientre cuando algo se agitó por dentro, arrancándome otro alarido. Comencé a sudar y me levanté despacio para ir al servicio, pero antes de llegar me dio otra punzada de dolor y tuve que pararme. Me arrodillé en el suelo y de seguida regresé a la cama, casi arrastrándome.

Notaba que algo se me movía dentro del vientre y por momentos sentí pánico. Intenté levantarme de nuevo para llegar al mueble donde tenía el móvil, que se estaba cargando. Si me continuase el dolor, tendría que llamar al teléfono de urgencias y solicitar una ambulancia. Con todo, el dolor me impidió levantarme y me recosté como pude en la cama, exhausto.

Me toqué la frente y la noté ardiendo, mientras el sudor me empapaba ya todo el cuerpo.

—Dios mío —susurré—. ¿Qué me ocurre?

No podía llegar hasta el móvil y decidí quedarme quieto para ver si se me calmaba el dolor. Lejos de ello, empeoró. Sentía como mil demonios que se agitaban en mis entrañas y pensé que me desmayaría. En aquel momento, algo me mordió por dentro.

—¡Ah! —grité con fuerza—. ¡Ayuda, por Dios!

Pero sabía que nadie me escucharía, pues vivía en una casa aislada, alejada de San Lorenzo y a unos quinientos metros de la vivienda más cercana.

Sentí ganas de vomitar y comencé a escupir en el suelo un líquido negruzco que me quemaba el esófago. Entonces salió la primera cucaracha. Sí, en efecto, ¡acababa de vomitar una cucaracha roja enorme!, de varios centímetros de longitud. ¡Una cucaracha viva! ¡Qué estaba pasando! A esa cucaracha le siguió otra, y luego otra más, hasta que decenas de insectos comenzaron a corretear por la habitación. Al final, surgió otro blatodeo por mi boca, inmenso, y a continuación sentí una paz en todo mi cuerpo.

—Ya está —musité dando un suspiro. Aquel había sido el último insecto que había *concebido*.

Me levanté ya sin dolor. Avancé esquivando a los blatodeos y me dirigí hacia la cocina. Aunque quise resistirme, una fuerza terrible me obligó a coger un vaso, llenarlo del agua de la jarra y bebérmelo de un trago.

Horrorizado, volví a la habitación. Miré por la ventana y entre las cortinas vi mil estrellas que brillaban en lo alto del cielo desconocido, extraño. A mi alrededor, los insectos corrían sin parar por el suelo, los muebles y las cortinas.

Blatodeo

En la oscuridad de la noche
el viento susurra inmutable,
con lamentos espeluznantes;
las nubes se excitan
en las tinieblas de la muerte.

I

Aquel año, una extraña plaga de insectos afectó buena parte de las montañas y exterminó millares de árboles en toda la zona.

Un paisaje triste se adueñó de una tierra árida ya de por sí, lo que causó una extrema aflicción, como la que ocasiona la venida de la muerte en una fría noche de invierno, húmeda y embrujada.

El sol pintaba un bello pero siniestro paisaje en el horizonte y envolvía en color púrpura las últimas horas del día para que, enseguida, las lúgubres sombras de la noche se extendiesen en la oscuridad.

Un silencio profundo abrigaba con sus enmarañados brazos el remoto y pequeño pueblo, y arrullaba místicamente los campos y los montes de descoloridos pinos y abetos enfermos y muertos.

—Se aproxima una tormenta —masculló el anciano a la entrada de su vivienda, con un cigarrillo en los labios.

En el cielo, las nubes grises comenzaron a ocultar al astro rey, que agonizaba, lúgubre, al crepúsculo. El viento susurraba con autoridad y agitaba las cortinas de las ventanas abiertas, como un vaivén de sombras en las tinieblas.

—¿De verdad? —pregunté, incrédulo y extrañado.

Aquel año sombrío apenas había llovido.

—¡Pues claro! —insistió el hombre, con gesto hosco—. Esas nubes de allí al fondo descargarán una buena.

—No parecen amenazantes —señalé, enarcando una ceja.

—Bah, tonterías —dijo—. Ya verás.

Sin más, dio media vuelta y entró en su casa.

—Entonces, que así sea —masculté para mí mismo.

II

En la oscuridad de la noche, el viento susurraba de modo persistente, con lamentos espeluznantes. Se agitaba raudo entre las tinieblas de la madrugada.

Aunque no hacía frío, las temperaturas habían bajado bastante durante los últimos días y las nubes negras de las alturas presagiaban lo que ya me había comentado mi vecino: la llegada inminente de una gran tormenta sin precedentes en aquel seco año, sin duda necesaria para limpiar la sucia atmósfera que envolvía la comarca entera.

Me moví en la cama, alterado por el susurro del viento que presagiaba la tormenta que se avecinaba, como perdido en la oscuridad. Hasta que, dichosamente, un leve sueño se apoderó de mí, catapultándome con sus redes en el maravilloso mundo onírico de los sueños, fantástico, pero a veces aterrador.

De repente, sentí un hormigueo por el rostro, suave y blando, que me sacó de mi letargo. Abrí los ojos.

—¡Ah! —exclamé, asqueado al contemplar una cucaracha de gran tamaño, la madre de todas las cucarachas, que caminaba libremente por mi cuerpo.

Me levanté de golpe. El insecto abrió las alas y se perdió en las sombras.

—Maldición —murmuré, con el corazón latiendo acelerado en mi pecho.

Desde siempre había sentido verdadero asco hacia esos oscuros bichos del demonio.

III

A la mañana siguiente, me dolían gran parte de las inflamadas articulaciones de mi viejo cuerpo. La artrosis crónica que me habían diagnosticado meses atrás en el hospital comarcal no daba tregua. Además, había pasado una noche fatal. Me dolían poderosamente el cuello y la espalda. La cabeza me arrastraba hacia un abismo de tormento.

Desayuné poco, sin apetito alguno, y tomé la medicación para aliviar los dolores que me asolaban sin piedad. Di otro sorbo más de café y me quedé mirando fijamente el cuadro que colgaba en la pared.

Nostálgico, abrumado por los recuerdos, evoqué aquel feliz pasado, tiempo en el que mis dos hijos eran aún pequeños y no habían emigrado a la ciudad por culpa del trabajo; cuando mi amada esposa no había cruzado el pasillo del silencio y hallado el sueño eterno; cuando la soledad no se había apoderado de mí, arrastrándome, como mis dolores físicos propios de la edad, hacia el martirio más inhumano que jamás hubiera imaginado.

Allí estábamos los cuatro, sonrientes y felices, bajo un maravilloso cielo azul de ensueño. Aquella foto siempre había sido nuestra preferida.

—Cuánto te echo de menos, mi amor —susurré casi sin voz al cuadro de la pared, con lágrimas en los ojos.

IV

Después de hacer una pequeña compra en el supermercado, volví a mi domicilio dando un paseo, con tranquilidad y cargado con dos bolsas de plástico repletas de botes de comida precocinada —que consumía habitualmente—, más leche, pan, una botella de vino y poco más.

La casa, aun estando cerca del centro de la pedanía —en un pueblo pequeño es obvio que todo está cerca de todo—, se ubicaba en las afueras del casco urbano, unida a otras pocas en una minúscula barriada que se extendía considerablemente más larga que ancha.

Llegué y, antes de abrir la puerta, una primera gota cayó en mi frente. Levanté la cabeza.

—Demonios —señalé, mirando a las oscuras alturas.

La lluvia fría del recién llegado otoño, triste y silencioso, comenzaba a caer poco a poco, pero con fuerza.

—Te lo dije —dijo de improviso mi vecino, sobresaltándome, desde la entrada de su casa.

Ensimismado en mis pensamientos, ni siquiera me había percatado de su presencia.

—Sí, tenías razón —asentí con la cabeza.

Él también afirmó.

—Pero la tormenta no me gusta —señaló.

—¿Por qué? —inquirí.

—No lo sé —respondió escueto, avivando mi curiosidad—, pero no me gusta.

Dio otra vez media vuelta y, sin despedirse, entró en su hogar.

V

Observaba cómo caía la lluvia sin descanso, empapando con sus frías aguas todo cuanto se hallaba bajo sus dominios. Se filtraba por los canalones de los tejados y caía hacia el suelo.

El ruido relajante alivió mi inquieta mente, abrumada siempre por los recuerdos del pasado, sepultándolos por momentos en el fondo de una oscura fosa olvidada. Asimismo, sentí que se relajaba mi cuerpo, consumido y enfermo por el paso del tiempo, para encontrarme ahora en una especie de estado místico y deleitable.

Pero de repente escuché unos gritos en el exterior de la vivienda que me amedrentaron muchísimo. Me levanté rápido y, casi corriendo, abrí la puerta de la calle.

—¡Tenemos cita! —exclamaba mi vecino a su hijo—. ¡Tenemos la maldita cita!

—¡No quiero! —decía el chaval, moviendo la cabeza arriba y abajo, poseso.

—Cariño, nos esperan —insistió la madre, desesperada.

—¿Qué ocurre? —me atreví a preguntar—. ¿Os ayudo en algo?

Mi vecino negó con la cabeza.

—No, no hace falta —dijo disgustado—. Tiene cita con el médico —señaló a su hijo, que padecía un trastorno del desarrollo: autismo.

—No quiero, no quiero —repetía el chaval—. La tormenta, la tormenta…

—¿Qué le pasa?

—La tormenta lo ha alterado —indicó la vecina.

—No temas —le advertí—. Solo es lluvia.

—La tormenta, la tormenta —dijo sin escucharme.

Si las enfermedades físicas son horribles, las mentales son mucho peores. Con todo, al escuchar al chico autista, una inquietud me abrumó, sin entender aún el motivo.

VI

Por más que intentara huir, la tormenta me alcanzaba una y otra vez, continuamente. La luz de los relámpagos iluminaba con intensidad el cielo, envuelto en un hechizo de maldad, en un oscuro embrujo terrorífico y también espeluznante.

El exceso de barro existente en el camino me entorpecía, no podía dar un paso, ralentizándolo más de lo que hubiera deseado. Mis pies parecían no avanzar siquiera, ya doloridos y fatigados, y un estremecimiento continuo recorría mi cuerpo.

—¡La tormenta, la tormenta! —gritó de pronto el chico autista detrás de mí, en pos de mi desesperado paso—. ¡La tormenta, la tormenta…! —continuaba gritando, enloquecido.

«En ella viene la muerte», pensé, sin saber por qué, excitado. Entonces tropecé con una piedra y caí al suelo, derrumbándome como un luchador vencido entre las cuerdas de un cuadrilátero.

Estaba empapado, envuelto en lodo. Pero abrí los ojos y abandoné la pesadilla que me abrumaba. Sudaba y temblaba con una fuerte turbación en el fondo de mi ser.

VII

En un sillón del salón, recostado confortablemente, leía un libro de filosofía oriental que había adquirido años atrás e igualmente leído y releído en distintas ocasiones. En él se narraba la vida de un importante psiquiatra norteamericano que entrevistaba varias veces a un sabio maestro espiritual de la mística India.

Dentro de mis pocas aficiones —alejado del mundo de la televisión—, la música y, en especial, las lecturas formaban los dos grandes pilares de mi entretenimiento diario. Aunque ahora también, pero en menor medida, el teléfono inteligente, sobre todo debido a la insistencia de mis propios hijos, con los que me comunicaba casi a diario a través de los servicios de mensajería y conversaciones mediante chats. Eran buenos muchachos, siempre preocupados por la salud de su padre.

—Cualquier cosa que necesites o quieras decirnos —me dijeron ambos al entregarme el móvil—, nos envías un mensaje. Es muy fácil.

No obstante, yo aún era reacio a utilizarlo.

—Está bien —dije en su momento—. Así lo haré…

Sumido en mi libro, la luz de la casa se apagó. Miré la lámpara y comprobé que el corte era general, tanto dentro como fuera de la casa, donde el alumbrado público, que se había cortado a causa de la lluvia hacía ya un rato, seguía aún sin activarse.

Aunque aún no había llegado la noche cerrada, la luz del crepúsculo era tenue. Busqué una vela en un armario, que encendí, surgiendo presurosas sombras a lo largo de la sala.

«Vendrá pronto», pensé, errado. Lejos de ello, llegó la oscura madrugada y la luz aún no había vuelto.

—Horrible tormenta —me dije a mí mismo, mirando a través de los cortinajes de la ventana a las oscuras sombras.

La lluvia caía vivamente.

VIII

Al día siguiente, por la mañana, sin nada más que poder hacer a causa de la tormenta, decidí continuar con mi interesante y filosófica lectura de corte oriental. Afuera, las nubes encapotaban totalmente el cielo, dominando las alturas como gigantes de piel de acero. La lluvia seguía cayendo.

Encendí otra vela y se iluminó la estancia cargada de sombras. De repente, frente a mí apareció una cucaracha tan grande como la que me había despertado la otra noche, repugnante y negra, aunque ligeramente rojiza. Hice una mueca de asco, asombrado por el gran tamaño de mi visitante.

Me acerqué con sigilo a la cocina y agarré la escoba con fuerza. Cuando volví al salón, intenté cazarla en vano. El insecto se había perdido en las sombras de la estancia. Ladeé el sofá, los sillones y hasta los muebles pequeños, pero la búsqueda fue inútil; ¿cómo era posible?

Normalmente, por aquella época del año, los blatodeos habían vuelto a sus sucias moradas de las alcantarillas y rara vez se les veía dentro de las casas.

—¿Cómo aparecéis ahora? —me pregunté.

La maldije, pero derrotado por la astucia de mi compañera oscura, acepté mi fracaso, me senté en el sillón y abrí el libro, dispuesto a leerlo.

IX

Miraba a través del cristal de las ventanas de mi alcoba, en el piso de arriba, la lluvia que caía sobre la calle. Sin embargo, una neblina siniestra me dificultaba la vista de los vastos campos y montes que se extendían frente a mi casa, algo más allá del cementerio, antes de cruzar la rambla que debería gozar de un caudaloso cauce de agua y barro. Al menos, eso ocurría siempre que llovía con fuerza, como ahora.

De la niebla surgió una luz azul, brillante e intermitente.

—¿Qué pasa ahora? —me pregunté, inquieto.

Mi vecino salió de su casa, tras ser requerido por los recién llegados, con un paraguas en la mano. Se acercó al coche de policía que acababa de pararse delante de nuestras viviendas.

El agente que conducía bajó del vehículo y hablaron durante apenas unos segundos. Después, subió al coche, se puso en marcha y desapareció en las tinieblas. Al momento, llamaron al timbre. Bajé las escaleras, abrí la puerta y me encontré con mi vecino.

—¿Qué ocurre? —me adelanté a preguntar.

—La carretera de la gasolinera está cortada —me indicó hosco, con los zapatos empapados—. Y la carretera del embalse tal vez la corten hoy mismo.

—¡Menuda tormenta! —exclamé.

Asintió.

—Ya te lo dije —me repitió.

X

Dormitaba en el sofá del salón, envuelto en una manta de pleno invierno debido a las bajas temperaturas que había provocado la tormenta, cuando un tremendo estruendo me sacó de mi sopor.

Me levanté y me acerqué con rapidez a la ventana de la estancia. En el cielo, un nuevo relámpago iluminó las tinieblas, seguido de otro trueno estremecedor, diabólico.

Pareció llegar el mismísimo apocalipsis al mundo material, ensombreciendo todas las temerosas almas de los hombres, los eternos pecadores, ingratos siempre con la suprema divinidad del universo.

El rojo del cielo se intensificó, abrumando las etéreas nubes del firmamento. Se expandió más y más, y rasgó la atmósfera que envolvía el planeta, adsorbiéndola con una boca de fuego.

De improviso, un tremendo temblor me lanzó al suelo. Sacudió toda la casa por completo y algunos de los objetos de la mesa del salón, como fotografías y figurillas, se esparcieron por el piso. En la cocina, escuché caer varios platos y vasos que tenía apilados en el armario donde se colocan los platos.

—¡Oh! —exclamé, levantándome.

Pasaron unos segundos y no volvió a repetirse el estruendo.

Me miré al espejo, que había resistido la fuerte sacudida sin inmutarse, y me vi una pequeña herida en la frente que, aunque no era grave, me sangraba.

Me estaba curando la herida en el baño del piso inferior de la estancia cuando llamaron a la puerta.

XI

—¿Has visto eso? —me preguntó mi vecino con cara de asombro, nada más abrir la puerta de entrada.

—Sí —respondí, frunciendo el ceño—, ¿y quién no?

—Ha caído cerca del cementerio, exactamente en la parte de atrás —asintió—. Vamos a ver qué ha sido.

Dudé.

—Es peligroso —señalé, no conforme con su decisión, para mí, algo precipitada.

—Tonterías —me dijo con voz segura—. Acaba de aflojar la lluvia y, además, no cruzaremos la rambla.

Miré hacia afuera y corroboré sus palabras. Ya solo chispeaba. No obstante, no estaba totalmente convencido.

—La *luz* se ha visto mucho antes —continuó diciendo.

—La policía local te dijo que el estado de las carreteras era pésimo —insistí—. No llegaremos muy lejos.

—Con mi todoterreno no será un impedimento.

En ese aspecto podría tener razón, pues tenía un vehículo excepcional, de gran cilindrada y nuevo.

—Está bien —dije al fin, todavía pensando para mis adentros por qué demonios había accedido a sus deseos—. Pero según veamos, nos damos la vuelta. Nada de insensateces, ¿de acuerdo?

—Pues claro —sonrió—. ¿Por quién me tomas?

Me cubrí con mi chubasquero, me calcé las botas de agua y nos pusimos en marcha.

XII

—Te has hecho una herida en la frente —afirmó mi vecino nada más arrancar el todoterreno, mientras fumaba.

—Es poca cosa —señalé sin darle importancia, tocándome la herida, ahora protegida con una pequeña venda—. Me caí al suelo a causa del temblor.

—Diantres, ha sido violento.

—Y que lo digas.

Dio marcha atrás y luego puso la primera marcha.

—¡No tardéis! —gritó su mujer junto a la puerta de la casa; su hijo autista lloraba a su lado, totalmente abrumado—. ¡No hace tiempo para coger el coche!

—¡No te preocupes, vendremos pronto! —ex-clamó el anciano.

La mujer levantó la mano, a modo de despedida, y cuando entraron a la vivienda, nos pusimos en camino. Aunque la intensa lluvia había cesado, una llovizna incómoda caía sobre el parabrisas.

Cruzamos la calle mayor sin ver un alma y, tras llegar a la carretera principal del pantano, nos desviamos por un camino estrecho y asfaltado, pero resbaladizo para la circulación, que llegaba al cementerio.

Sin apenas hablar, con la mirada fija en la peligrosa carretera, dejamos atrás el camposanto y seguimos la marcha.

—¡Allí ha sido! —exclamó de repente mi compañero, sonriente, encaminándose hacia el lugar donde se había visto una sorprendente luz en el cielo y donde, al parecer, había caído algo asimismo extraño.

XIII

Salimos del vehículo cuando ya no podíamos avanzar más por el camino asfaltado, puesto que nos dirigíamos a una pequeña colina que se alzaba detrás del cementerio.

—Vamos —dijo mi vecino, decidido.

El hombre tenía, poco más o menos, mi misma edad, aunque se conservaba mejor que yo, más fuerte y ligero. En su larga vida laboral había trabajado en la policía de la ciudad, como inspector o inspector jefe, creo recordar no con mucha seguridad. De pocas palabras, esquivo en exceso, no era mal hombre.

Saltamos al barro, con las capuchas echadas sobre la cabeza, alumbrando con nuestras linternas.

Conocíamos bien el camino, enfangado, que moría en la parte alta de un pequeño terreno allanado donde solo había árboles de coníferas, ahora muertos debido a la fatídica plaga estival de insectos que había afectado a todas aquellas tierras.

Tras diez minutos de andanza, totalmente empapados, llegamos a la parte alta de la explanada. Entonces, me encontré con la escena más extraña que había visto en toda mi vida, hasta ese día.

De una enorme brecha del suelo, sin lugar a dudas abierta por el objeto luminoso caído del cielo, salía un humo negro, nauseabundo, que nos hizo recular hacia atrás.

—Pero ¿qué es esto? —pregunté, con el ceño fruncido.

Nos cubrimos la nariz con las manos y avanzamos lentamente, con más decisión.

Al borde del cráter, mi vecino señaló la existencia de una sustancia gelatinosa, incolora, que cubría la tierra a su alrededor. Asimismo, distinguimos lo que nos pareció una cáscara de huevo de color ceniciento, pero de dimensiones desproporcionadas, gigantescas. Estaba fracturada en mil pedazos.

Al final, sin hallar nada más de interés, regresamos a nuestras casas.

XIV

Aquella noche, agotado después de nuestra peligrosa incursión hacia lo desconocido, apenas cené nada. Me duché y dormí como no lo hacía en mucho tiempo, como solo puede dormir un niño.

Me desperté temprano. Lo primero que hice fue dirigirme a la ventana y mirar afuera moviendo hacia un lado las cortinas.

Sonreí. El cielo estaba completamente despejado y no se atisbaba ni una sola nube en el firmamento. Por suerte, había pasado la tormenta.

Abrí la hoja corredera de la ventana y un viento frío me acarició la cara.

—Gracias a Dios —me dije, observando la hermosa claridad del día surgida tras la tormenta.

Que yo recordara, hacía ya varios años que no había llovido con tanta intensidad y violencia.

Después de desayunar, evoqué la extraña sustancia emergida en el agujero de la colina y la materia parecida a la cáscara de huevo. ¿Qué era aquello? En verdad no tenía ni idea.

Ahora que ya se había esfumado la tormenta, podría ir con mi vecino a realizar una nueva inspección ocular del terreno para salir de dudas. Sin embargo, algo en mi interior me decía que dejara las cosas tal como estaban, que no removiera más lo que no debía.

Así lo hice.

XV

Leía en mi habitual sillón del salón, inmerso en mi mundo literario, en completo silencio, cuando un sonido estridente me sobresaltó. Maldije.

«Ring, ring, ring». Llamaban al teléfono fijo de la vivienda. Me acerqué y cogí el aparato.

—Dígame —respondí seco.

—¡Papá! ¿Cómo estás? —preguntó mi hijo mayor, con voz nerviosa—. ¡Llevamos dos días llamándote!

—Bien, hijo —intenté tranquilizarlo—. Se fue la línea telefónica y también la luz, por la tormenta. El móvil no tenía cobertura. No podía llamaros.

—Quise ir, papá, pero las carreteras estaban cortadas por el desbordamiento del río. Todo aquí está anegado.

—Me imagino. No te preocupes, estoy bien…

Mientras dialogaba con mi primogénito, observé dos cucarachas que cruzaban el salón hacia la cocina, exageradamente grandes, como las que había visto en días anteriores.

De nuevo me pregunté, estupefacto, que si en el caluroso verano que acababa de finalizar no había visto muchos blatodeos, como pasaba todos los años, por qué ahora correteaban por mi casa como si nada, como si se hallaran en la cloaca más oscura y húmeda de todo el alcantarillado público.

Al finalizar la conversación, mi hijo se despidió.

—Adiós, papá —señaló—. Llámame si surge cualquier cosa. Te quiero.

—Sí, *nene* —le dije—. Te quiero. Adiós.

Intenté buscar a los oscuros insectos, pero por desgracia ya habían desaparecido.

XVI

Me agaché y cogí la zapatilla, sin hacer ruido alguno, y caminé despacio, poco a poco.

Mi objetivo estaba al frente, moviendo ligeramente sus antenas, pero quieta y atenta como un carterista ante su víctima. Era, por supuesto, otra cucaracha. Otra más de las numerosas que había visto durante los últimos días en mi vivienda. Además, la calle estaba atestada de esos asquerosos bichos y los vecinos empezaban a quejarse en la alcaldía, exigiendo que se fumigara el alcantarillado, como se había hecho en años anteriores de plaga.

Esta, mi nueva invitada, era bastante grande. ¡Mediría más de cinco —o seis— centímetros! ¡No podía creerlo! Su cuerpo oscuro, rojizo, se aplanaba, y portaba largas patas espinosas y alas y antenas más largas aún.

«Bicho asqueroso», pensé, con una mueca de repugnancia dibujada en mi boca. «¡Te vas a enterar!».

De repente, la cucaracha se movió, intentando evadirse. Sin embargo, esta vez yo fui más rápido y, al segundo intento, la aplasté con fuerza con la suela de la zapatilla, sonando al momento un desagradable crujido que produjo un ruido en mis oídos.

Cogí al blatodeo ayudándome con abundante papel higiénico, al tiempo que observaba una sustancia gelatinosa en sus entrañas, parecida a la materia que vimos en la colina. Se me revolvió el estómago, y a punto estuve de vomitar la comida.

Tiré de la cadena y la vi desaparecer. Sonreí con cara de demente.

XVII

Amaneció. Los rayos del sol emergieron por el horizonte, hermosos, brillantes como auras extraordinarias de gran energía.

Salí del aseo y me encaminé a la parte baja de la casa cuando escuché un sonido extraño, pero leve e insignificante, parecido al roer de un ratón, más banal aún.

—¿Qué pasa ahora? —me pregunté.

Me até la bata de casa y alcancé la escalera. Hasta que de pronto vi a cientos, tal vez miles, de blatodeos oscuros, inmundos, que acampaban a sus anchas por cada palmo del piso de abajo. Me detuve en seco, petrificado.

—¡Ah! —grité horrorizado.

Abrí tanto los ojos que parecían salirse de sus órbitas y sentí un sudor frío que me empapó el cuerpo.

Entonces, asombrosamente, los insectos repararon en mí y comenzaron a subir por la escalera, presurosos.

—¡Endemoniados bichos! —exclamé.

Corrí por el pasillo, entré en mi cuarto y cerré la puerta.

—Pero ¿qué está pasando, Dios mío? —me pregunté.

De repente, una primera cucaracha apareció por el conducto del aire acondicionado de la alcoba, encima de mi cabeza. ¡No podía creerlo!

Al insecto le siguió otro, y otro, y otro más, a centenares. Los blatodeos avanzaron por las paredes, corriendo como un batallón de soldados. ¡Me hallaba en serios apuros!

Uno de ellos abrió sus alas y voló hacia mí.

—¡No! —grité despavorido, intentando quitármelo de encima—. ¡Dios, Dios! —Cayó al suelo y lo pisé, y sonó un repugnante «crac».

Cuando entre sudor y lágrimas abrí los ojos y me incorporé en la cama, con el pecho convulso, temblando, descorrí la hoja de la ventana con intención de intentar descender por el canalón de agua hacia abajo si era necesario, aterrorizado.

Miré en derredor.

—Perverso sueño —musité entre dientes, al borde del colapso mental, respirando con urgencia.

XVIII

Me encontraba en la puerta de la casa, charlando con mi vecino, el policía retirado.

—Ayer maté dos —me dijo, refiriéndose a las cucarachas—. ¡Y eran enormes!

Asentí con la cabeza.

—Es extraño —afirmé—. En verano apenas se vieron y ahora que llega el otoño nos invaden.

—Ajá —asintió igualmente—. ¿Y sabes qué es lo más extraño?

—No. ¿Qué? —pregunté.

—Sus entrañas. Están repletas de esa misma materia gelatinosa que vimos en el cerro, detrás del cementerio, en el agujero.

Sentí que se me helaba la sangre en las venas. Desde aquel día, no habíamos vuelto a hablar del asunto, temerosos por el extraño suceso que había ocurrido.

¿Qué diablos fue aquella *luz* que surgió del cielo? ¿Acaso nadie más del pueblo la vio? Y lo peor aún, ¿qué sustancia cósmica dejó oculta en el fango?

—Sí —dije con voz temblorosa—, eso es lo más extraño.

—Hace varios días volví —me dijo, frunciendo el ceño.

—¿Y? —pregunté con curiosidad.

—Nada —respondió—. No queda absolutamente nada de lo que vimos. La lluvia posterior enlodó todo el orificio.

—Nadie del pueblo ha comentado nada.

—Nadie en absoluto —negó con la cabeza—. Solo nosotros dos fuimos testigos de lo que ocurrió.

Nos despedimos y entré a mi casa.

XIX

En el silencio de la noche, terminé de cenar y me levanté, dispuesto para llevar el plato y los cubiertos al fregadero de la cocina, cuando de improviso sentí que la cabeza me daba vueltas.

Fue una sensación extraña, porque al mismo tiempo no estaba mareado, de eso estoy seguro. Simplemente percibí un desdoblamiento de la realidad, como si todos los objetos de la vivienda se fundieran entre grandes llamaradas de fuego y tras ello surgiera un insólito mundo paralelo, sombrío y oscuro, rodeado de muerte.

La mesa se arqueó, como las sillas y absolutamente todo a mi alrededor, y giró y giró como un vórtice espacial, un torbellino cósmico. Y me pareció que se desintegraba en la nada.

Distinguí una luz siniestra, similar a la *luz* del cielo que surcó, días atrás en plena tormenta —muy violenta—, la atmósfera del planeta y desgarró el alma del pequeño otero, causándome un sinfín de pesadillas posteriores.

Me arrastré como pude hacia la puerta de la calle, mientras el vórtice seguía consumiendo todo lo que encontraba a su alrededor.

Al borde del desfallecimiento, perdido en la inmensidad de la noche, abrí la puerta y salí al exterior.

XX

—¡Ayuda, ayuda! —escuché gritar a mi vecina.

Corrí hacia su casa. Me encontré la puerta entreabierta y entré.

La mujer, pálida como la muerte, intentaba calmar a su hijo que, moviendo sin parar la cabeza, gemía y lloraba como un chiflado.

—Lo dije, lo dije… —repetía el chico autista.

—¿Qué pasa? —pregunté, alzando la voz.

—¡Arriba, arriba…! ¡Necesita ayuda! —contestó, pávida—. ¡Rápido, por favor! ¡Arriba…!

Sin tiempo a más preguntas, subí veloz la escalera. Enseguida reparé en una luz brillante al fondo del pasillo, procedente de la alcoba de matrimonio.

Avancé, aturdido aún por los hechos acontecidos, y me frené delante de la cámara.

—¡Oh, Dios mío! —grité estremecido.

—Ayúdame —me pidió mi vecino, con voz frágil, apagada, alargándome una mano ensangrentada; estaba atrapado por las poderosas garras de un monstruoso blatodeo gigante, ¡tan alto como una persona!

«La *luz* que surgió del cielo», pensé, incapaz de articular palabra. Detrás de tan apocalíptica escena, se había abierto un portal hacia otra dimensión, similar al que había emergido en mi misma casa momentos antes, brotando un mundo de sombras desconocido, impensable para la mente humana.

—¡Vete! —le bramé al monstruo, sacando valor del fondo de mi alma, arrojándole una lámpara que cogí con la mano de un mueble de tocador.

El ser giró su asquerosa cabeza hacia mí, se agitó con violencia y traspasó la puerta dimensional con su víctima, desapareciendo.

—¡No! —exclamé.

De súbito, miles de cucarachas rojas comenzaron a salir por el brillante portal, cubriendo de forma dantesca todas las paredes de la alcoba.

La casa

La casa oscura y hechizada,
alzada en paraje frío,
entre sombras,
en el ocaso sombrío,
cuando muere la alborada.

I

Me encontraba en la oficina del trabajo cuando sonó mi teléfono móvil. La primera vez no pude cogerlo y lo puse en silencio, pero la segunda, sí.

—¿Diga? —inquirí en voz baja.

—Buenos días, llamaba por la venta de la casa de San Lorenzo —dijo el interlocutor.

Hablamos apenas dos minutos y colgué. Después llamé a mi hermano.

—Me ha llamado un chico preguntando por la casa del pueblo —le informé.

—Genial.

—Quiere verla este viernes, por la tarde —seguí diciendo—. ¿Podrás ir?

Normalmente él era el encargado de enseñar la casa a los posibles compradores.

—¿El viernes…? Joder, lo siento, pero no puedo: los niños tienen concierto.

—No te preocupes —le dije con desgana tras unos segundos—. Iré yo.

—Perfecto.

Nos despedimos y colgué.

Pasaron los días y llegó el viernes. Después de comer, salí de casa, me dirigí al *parking* subterráneo, monté en mi turismo Citroën y puse rumbo hacia San Lorenzo, el pueblo donde había pasado mi infancia y parte de mi juventud, hasta que, primero por estudios y luego por trabajo, me había trasladado a la ciudad.

El día era lluvioso y las predicciones del tiempo daban lluvias torrenciales en toda la zona para el fin de semana. «¡Vaya casualidad!», pensé.

No me gustaba conducir con mala visibilidad, pero había quedado con el llamante a las cinco y ahora no podía dar marcha atrás. En esta vida hay que ser formal, como decía mi padre.

Cogí la vía rápida, dejé a mi espalda la pequeña pero florida ciudad de Murcia y, luego, accedí a una carretera comarcal y más tarde a la autovía, hasta que me introduje por una solitaria carretera secundaria. Llegué al cambio de provincia y continué conduciendo despacio; en aquel momento caía una buena.

Vi el pueblo a mi izquierda y sentí un estremecimiento, pero sin más continué la marcha.

—Menudo día —dije mirando a través del cristal del vehículo las nubes negras.

Llegué a mi destino a las cuatro en punto. Salí del coche para abrir la puerta de la verja y me llené de barro.

—Mierda.

Me metí deprisa y avancé por el camino lentamente hasta que me encontré de frente con la casa donde había vivido tantos años. Un aluvión de sentimientos nublaron mi corazón. En un instante recordé tantas cosas, buenas y malas, que mi mente se colapsó. ¡Hacía mucho tiempo que no iba por allí!

Justo cuando entraba en la vivienda, empezó a llover con más intensidad.

II

Abrí el cuadro de luces y subí todas las llaves, accioné los interruptores y al instante se aplacaron las sombras. Mi hermano había estado allí hacía tan solo un mes, con otra persona que al final se había echado atrás para comprar la vivienda. Sin embargo, revisé una a una todas las viejas estancias y lo hallé todo en perfecto estado.

Cuando subía la escalera hacia el piso superior, un escalofrío me recorrió el cuerpo y mil fantasmas de mi infancia parecieron danzar macabramente ante mí, sonriendo como dementes en un centro psiquiátrico. Alcancé el largo pasillo de arriba y fui accediendo a todas las habitaciones y al aseo.

Regresaba hacia abajo cuando la luz del pasillo parpadeó varias veces hasta que me quedé a oscuras. Se había ido la luz de toda la casa y ahora, aun siendo todavía de día, imperaba la oscuridad en aquella triste tarde de tormenta.

Miré fugazmente hacia atrás y al fondo del pasillo vi a un ser con enormes fauces y sin rostro, un monstruo que me había atormentado en la infancia.

—¡Dios! —exclamé aterrado.

Cerré los ojos y al abrirlos otra vez ya no estaba la bestia.

—Mierda, que ya no soy un crío —me reproché a mí mismo—. No seas imbécil.

Sin embargo, bajé la escalera con rapidez y llegué al amplio salón de la casa cuando sonaba de nuevo mi teléfono móvil. Vi el número y comprobé que era el individuo con el que había quedado.

—Hola, ¿Jaime? —preguntó el interlocutor.

—Sí, dime.

—Lo siento, pero no podremos ir —me dijo casi gritando a causa del ruido de la lluvia—. La Guardia Civil ha cortado la carretera y no podemos acceder al pueblo. No nos dejan pasar.

Afuera, la lluvia caía con furia. Miré a mi alrededor y me sentí atrapado en la casa.

—Ya te llamaré y quedamos para otro día, ¿de acuerdo?

—De acuerdo —conseguí decir.

—Adiós.

Me despedí y colgué. De inmediato, bajé todas las llaves del cuadro de luces, luego me puse el abrigo, abrí la puerta principal, salí y cerré con llave. Tenía que partir de allí antes de que fuera demasiado tarde. Sin embargo, no llegué muy lejos: más adelante me encontré con una patrulla de la Policía Local que cortaba el paso.

—Mierda, mierda —maldije.

Un agente me hizo una señal para que diera la vuelta. Estaba lloviendo tanto que se había inundado la rambla que dividía la población. Obedecí y con mala gana llegué de nuevo a la casa.

III

Accioné las llaves del cuadro de la entrada, di al interruptor del salón, pero, desgraciadamente, aún no había vuelto la luz.

—Ni vendrá —murmuré mirando por la ventana, resignado—. Maldito tiempo.

En los cajones de la cocina encontré una caja de cerillas y varias velas. Encendí tres y se iluminó la estancia tenuemente.

—Bueno, algo es algo —me consolé.

Estaba calado de agua y subí arriba con una vela en la mano. Avancé por el siniestro pasillo de monstruos y muertos de mi infancia y entré en mi habitación. Cogí una manta y un pijama que aún conservaba en el armario y volví abajo.

Llegó la noche fría y la lluvia seguía cayendo con fuerza. Me acosté en el sofá, cuando a la hora, más o menos, escuché un ruido que venía del piso superior. Abrí los ojos de golpe y escuché más atento: algo se arrastraba allá arriba.

Encendí dos velas nuevas. Cogí una y apagué de un soplido la que había dejado encendida en la mesa del comedor, junto al sofá donde dormía, ya que casi se había consumido.

El ruido procedente de arriba persistía. Entré en la cocina y encontré un cuchillo viejo pero afilado. Lo agarré fuerte, pero la mano me temblaba.

—Es un animal —me dije—, un animal que se ha colado por algún sitio.

Subí un primer escalón de la escalera y me detuve, atento. En el silencio de la noche escuché más ruidos sutiles. Y seguí avanzando lentamente, con la vela en la mano izquierda y el cuchillo en la diestra.

«Maldita casa», me decía mentalmente, aterrado. Ahora recordaba que, desde siempre, había sentido horror al cruzar aquel pasillo largo y sombrío. Desde que tenía uso de razón.

Con cada paso parecía crujir la casa entera.

—Maldita casa —repetía una y otra vez.

Llegué arriba y, cuando alcancé el pasillo, distinguí de nuevo al terrible ser sin rostro, al fondo. Se giró despacio y permaneció un instante inmóvil como un cadáver agusanado. Hasta que de pronto empezó a avanzar hacia mí, cada vez más rápido, al tiempo que un grito terrible sonaba en toda la casa.

Temblaba de horror cuando abrí los ojos.

—Dios mío, Dios mío —susurré con la respiración entrecortada.

Miré en derredor y comprobé que estaba acostado en el sofá del salón. La vela que había dejado en la mesa ya casi se había consumido.

—Otra pesadilla, mierda.

Me tapé más con la gruesa manta. Afuera seguía lloviendo a cántaros.

Lo siguiente que ocurrió fue extraño: no sé si fue mi imaginación, pero escuché un ruido. Algo se arrastraba en el piso de arriba.

El hostal

El hostal se alza en la oscuridad
bajo la lluvia de la tormenta,
la amanecida lejana, muerta:
siniestra sombra de perversidad.

I

La noche anterior a la gran tormenta, dormí inquieto.

Me acosté tarde, cerca de la una de la madrugada, cuando los estudiantes universitarios recorrían aún las callejuelas de la ciudad en busca de música, diversión, alcohol y sexo, y tal vez también de drogas.

Como siempre, llegué al mundo onírico en apenas contados unos minutos y, en un principio, un sueño agradable abrigó mi cuerpo y mi alma eterna. Sin embargo, a continuación sentí cómo poco a poco se turbaba mi mente y la inicial excitación terminaba en un auténtico horror a las sombras, a las tinieblas más sombrías de ese sutil plano de la existencia.

Sentí ganas de gritar, de huir de lo que me acosaba, pero me fue imposible. Era como si me arrastrara un río de lodo y basura, y no pudiera ponerme a salvo.

«¡Ayuda!», exclamaba en vano. Todo era oscuridad.

II

Me desperté con un tremendo dolor de cabeza y empapado completamente en sudor.

Aunque estábamos en septiembre, hacía bastante fresco, sobre todo por las mañanas y por las noches, al crepúsculo. El tiempo de tormenta había hecho que bajaran las temperaturas considerablemente. Temperaturas que, más tarde, cuando llegara la calma, lo más seguro subirían, por supuesto.

—Qué sueño más extraño —susurré en el silencioso piso, mientras me miraba al espejo y comenzaba a lavarme los dientes.

Escupí la pasta dentífrica y me enjuagué con agua.

—Y asqueroso —seguí diciendo, moviendo la cabeza, como si me lamentara.

Luego me afeité, me duché y, al final, me vestí.

Por primera vez después del caluroso verano, me puse una rebeca de tela fina. Ahora tenía frío.

III

Desayuné un café con leche y una tostada con tomate y queso, y luego salí al balcón para fumarme un cigarrillo. Aunque vivía solo, no me gustaba fumar dentro del piso, porque luego todo olía a tabaco. De hecho, fumaba muy poco: unos cinco cigarrillos al día; a veces, cuando salía de fiesta con los amigos, alguno más.

Miré al cielo y observé unas nubes negras, inmensas como gigantes, amenazantes y sombrías como la pesadilla que me había aterrado la noche anterior, y sentí un escalofrío.

Permanecí pensativo durante unos momentos, mirando a las alturas hasta que moví la cabeza arriba y abajo.

—¡Qué demonios¡ ¡No tiene por qué pasar nada! —Sonreí, ya decidido.

Desde el lunes había considerado que pasaría el fin de semana en mi piso de la playa, y eso mismo me proponía hacer. La tormenta no iba a aguarme los planes.

IV

Bajé al *parking* del edificio sin cruzarme con nadie, en el más absoluto silencio. Llegué a la plaza de garaje y abrí las puertas de mi Seat con el mando a distancia. Entré, me acomodé en el asiento, encendí el motor y me puse en marcha haciendo varias maniobras.

Cuando salí al exterior, aún no llovía mucho. Sin embargo, al rato empezaba a caer una buena. El fuerte viento agitaba las ramas de los árboles de las calles. «Espero que aminore pronto», me dije, pero la lluvia no cesaba y cada vez caía con más intensidad.

Si hubiera escuchado o visto las noticias de la televisión, quizás hubiera cambiado todo. Si bien he de decir que, por norma general, no veo mucho la televisión. O si al menos hubiera encendido la radio del coche, pero tampoco lo hice. Entonces saqué la memoria USB de mi mochila y la inserté en el radiocasete CD del Seat.

«Conduciendo son las seis, la botella entre los pies, las penas viajan en coche…», bramó la inigualable voz desgarrada de Yosi. Cuando el cielo cada vez estaba más negro y triste, pensé que era buen día para escuchar a Los Suaves.

V

Había mucho tráfico. En la rotonda giré lentamente a la izquierda, dejé atrás el centro comercial y la ciudad del transporte y salí de la cálida ciudad del sol —ahora gris—, mi hermosa ciudad del sureste español.

Circulé con rapidez por la carretera comarcal y al cabo de pocos minutos estaba ya en mi pueblo natal. Lo crucé y seguí mi camino. La lluvia era cada vez más fuerte y el viento de levante, amenazador.

Atravesé también el siguiente pueblo y dejé atrás las últimas casas y la civilización humana, tan dañina para el paisaje y la naturaleza, y, en general, para la vida.

Cuando llegué a la autovía de San Javier, la música de Los Suaves inundaba cada recoveco del vehículo. Entonces, puse el intermitente en la primera salida, circulé despacio por la rotonda y, sin tráfico alguno, me dirigí en dirección al embalse por una estrecha carretera con abundantes curvas peligrosas.

El cielo, cargado de estruendos, estaba totalmente negro, llovía con intensidad y los relámpagos iluminaban las desoladas tierras.

VI

A causa de la poca visibilidad, no tuve más remedio que reducir la velocidad, pese a que en esos momentos circulaba a unos treinta kilómetros por hora.

—¡No se ve nada, cojones! —exclamé, limpiando el vaho del cristal con un pañuelo de papel y abriendo un poco la ventanilla del vehículo, molesto.

Se sucedieron varios relámpagos, seguidos de sonoros estruendos. Parecía tener la tormenta justo encima de mí. Sin embargo, eso no era cierto, pues en aquella misma situación se encontraba todo el medio y el bajo Segura.

Me crucé solo con un par de vehículos que circulaban en dirección contraria, hasta que salí de una curva pronunciada y me encontré con un panorama tremendo que hizo que frenara de golpe el vehículo.

VII

La carretera estaba cortada y justo en el centro había un vehículo de la Guardia Civil, con las luces azules de los prioritarios encendidas. Detrás, la rambla que cruzaba la carretera comarcal CV-949 estaba por completo desbordada. ¡Aquello era un inmenso río de aguas turbias!

—¡Madre mía! —exclamé—. Pero ¿qué ha pasado aquí...?

De repente, una figura oscura se acercó hacia mi coche. Bajé el cristal de la ventanilla y empezó a entrar abundante agua dentro del vehículo. Llovía como nunca.

—¡Hola! —exclamó un guardia civil, uniformado, con un chubasquero y encapuchado—. ¡Debe dar la vuelta, la rambla se ha desbordado y la carretera permanecerá cerrada!

—¿Y por dónde puedo ir a Orihuela Costa? —ne-cesité preguntar.

—¡No podrá ir! —respondió—. Hay más carreteras cortadas. ¿De dónde viene?

—De Murcia.

—Tampoco podrá llegar. Nos han comunicado que más abajo acaban de cortar la carretera, antes de llegar a la autovía.

—¿¡Cómo!? Entonces, ¿qué hago?

Por momentos me sentí inquieto.

—Nosotros hemos venido de Orihuela por un camino, pero con su vehículo le será imposible circular.

Ellos llevaban un todoterreno.

—Claro —asentí, alarmado.

El agente se calló por un instante, reflexionando.

—Vuelva por donde ha venido —dijo al fin— y diríjase a San Lorenzo, allí hay un hostal. ¡Quédese hospedado hasta que pase la tormenta!

—¡Gracias! —exclamé estremecido.

Y sin más me puse en marcha.

VIII

Poco después de retornar a mi camino, divisé el cartel del pueblo: San Lorenzo. Puse el intermitente, solo por hábito, porque no circulaba nadie detrás de mí. Giré a mi derecha y avancé despacio bajo la impetuosa tormenta. Diez minutos después estaba entrando en la población.

San Lorenzo es un pueblo pequeño y sombrío; para mí, tétrico. Aunque sus calles son estrechas y enmarañadas, las avenidas principales, en cambio, son grandes y rectas. Hay pocos edificios y la mayoría de las viviendas son casas de plantas bajas, y algunas de un solo piso.

Para mi suerte, observé a un hombre que caminaba bajo un paraguas. Justo cuando le di alcance, paré el vehículo y me apeé.

—Perdone, ¿me puede decir dónde está el hostal? —pregunté.

El individuo se detuvo y giró la cabeza hacia mí. De repente, me alarmé y sentí un sofoco. Ni siquiera respondió, volvió a girar la cabeza y continuó su marcha como si nada.

IX

Lo que me había alarmado de aquel vecino era su terrible aspecto físico: su redondeado rostro y sus ojos saltones de batracio, ¡tan poco humanos!

—Maleducado —mascullé en voz baja.

«Y raro», pensé trémulo. Volví al vehículo y me puse de nuevo en marcha. Apenas entré por la avenida principal observé, a mi izquierda, un edificio de dos plantas. Enseguida vi el rótulo: Hostal Estrella.

—¡Estupendo! —exclamé.

Paré casi enfrente del establecimiento. Cogí la mochila del maletero del Seat y momentos después estaba llamando al timbre del portal.

X

Por el cristal oscuro de la puerta de entrada, pude observar cómo se acercaba una mujer regordeta y, tras escrutarme lentamente con la mirada, me abrió la chirriante puerta.

—¿Qué quiere? —me preguntó con voz chillona y desagradable.

Físicamente me recordó al individuo que había visto antes. Me estremecí de nuevo.

—Buenos días —saludé—. Una habitación, por favor.

—Sígame —dijo cuando terminó de observarme con desfachatez.

La luz del recibidor era tenue, pero vi dos cucarachas que correteaban por el suelo y sentí repugnancia. Avanzamos sumidos en sombras y llegamos al mostrador del hostal. Me pidió el documento de identidad. Se lo entregué y se puso a rellenar una ficha.

—No es de la zona —indicó.

—No —dije.

—Y ha llegado en coche.

—Sí.

—¿Cómo se le ha ocurrido conducir con esta tormenta?

—No sabía que había de llover con tanta intensidad.

Me volvió a mirar a los ojos y me sentí intimidado.

—¿Acaso no tiene usted televisor? —inquirió de nuevo, con el mismo tono áspero.

—No la veo mucho, la verdad.

Meneó la cabeza y siguió rellenando la ficha. Cuando terminó, levantó la cabeza.

—Son treinta euros por noche. ¿Cuántos días va a quedarse?

—De momento, uno —dije—. Mañana intentaré volver a casa.

Le pagué el coste de la estancia en la habitación con tarjeta de crédito.

—Habitación quince. —Me dio la llave—. Está en el piso de arriba.

—Gracias.

Cogí la llave y subí las escaleras nervioso, pues sentí cómo su sucia mirada se clavaba en mí.

XI

Nada más llegar al piso de arriba, observé una sala de estar algo cutre, donde había un par de sillones y un televisor, y un largo pasillo oscuro. Encendí la luz de la planta y avancé fijándome en el número de cada habitación hasta que llegué al final, en donde me paré frente a la habitación quince. Introduje la llave, abrí la puerta y entré. Encima de la cama había una cucaracha grande, que de repente desapareció de mi vista con rapidez. La maldije.

La cámara era pequeña y oscura. Tenía un armario empotrado, un televisor justo delante de la cama y, ya en el exterior, un balcón que comunicaba con otras habitaciones. Dejé la mochila en el suelo y me senté en la cama para probarla, con algo de asco.

—Joder —susurré—, es incómoda.

Sin más, salí de nuevo al pasillo y llegué a la sala de estar. Una vez allí, me dirigí hacia una puerta con corredera que había al fondo, protegida con una reja extensible, por la cual se accedía a un balcón de la parte trasera del edificio.

Comprobé que la reja no estaba cerrada con llave y la aparté. Abrí también la puerta corredera y salí al balcón, con cuidado de no calarme. Aunque estaba techado, la fuerte lluvia empezaba a mojar el suelo.

Me arrimé un poco hacia la calle y observé como el primer piso estaba a muy poca altura. De la calle delantera a la trasera había un considerable desnivel, ya que el pueblo iba expandiéndose hacia la ladera de una montaña en la que había muchos árboles.

Cogí un cigarrillo del paquete de tabaco que llevaba en el bolsillo, lo encendí y empecé a fumar mirando al cielo oscuro.

—Parece que no para —dije, contemplando la intensa lluvia—. Mal asunto.

XII

Comí un bocadillo en un bar próximo al hostal que, en ese momento, estaba vacío. Llegué a la carrera porque la lluvia no cesaba de caer con mucha intensidad.

—¿Qué quiere? —me preguntó la camarera con brusquedad, sin ni siquiera saludarme.

Era una mujer joven, terriblemente fea, también con la cara redondeada y los nauseabundos ojos de sapo, similares a los de la maldita hospedera y a los del vecino. «¡Serán todos familiares!», pensé horrorizado. Eso era típico de los pueblos pequeños: casi todo el mundo estaba emparentado.

Hice la comanda y a los diez minutos estaba comiendo. El bocadillo estaba asqueroso: el pan duro, la pechuga cruda y el queso casi ni se veía.

—¿Me lo puede hacer más? —le pedí a la camarera.

—Lo podía haber dicho antes —me contestó en alto y de mala gana, llegando a la mesa con un extraño caminar saltarín.

—Perdón —logré decir, mientras observaba una cucaracha gigante que correteaba tranquilamente delante de mí, como si estuviera en una oscura alcantarilla.

Más tarde entró un vecino de unos sesenta años, se sentó delante de la barra y pidió un café con voz chillona. Se giró hacia mí y en aquel momento sentí un escalofrío al contemplar su cara redondeada y sus ojos saltones de batracio.

XIII

Cuando terminé de comer aquella basura, volví al hostal. No había nadie en la recepción, a excepción de varias cucarachas, y subí en el más absoluto silencio la escalera de sombras. Giré hacia el pasillo cuando observé como una figura oscura entraba en la habitación número dieciséis, la que estaba contigua a la mía.

El hostal tenía solo seis habitaciones. En una parte estaban la once, doce y trece; y en la otra, la catorce, quince y dieciséis.

Entonces, sin saber bien el motivo, me estremecí. «Solo es otro viajero que, tal vez, se haya refugiado de la tormenta como yo», pensé desconcertado.

Sin embargo, hasta que no cerré la puerta y giré la llave dos veces, no respiré tranquilo.

XIV

Como seguía lloviendo a cántaros, decidí no salir a cenar. Además, en el bar al que había ido antes se comía fatal, el servicio era pésimo y estaba sucio.

—Con esto me bastará —me dije, cogiendo un par de bollos de chocolate que llevaba en mi mochila y que había comprado en Murcia, y empecé a devorarlos al instante. Por fortuna, tenía también una botella de agua que había comprado en el mismo establecimiento.

Me desnudé y me metí en la cama solo con ropa interior porque no llevaba pijama, ya que tenía uno en el piso de la playa. Las sábanas y las mantas olían fatal.

—Mierda de hostal —susurré.

Di vueltas y más vueltas en la cama hasta que, al fin, un sueño intranquilo fue apoderándose de mi ser. Y así llegué al mundo onírico.

XV

En la inmensidad de la noche, me pareció escuchar unos lamentos. «¿Qué es eso, joder?», me pregunté, abriendo de súbito los ojos.

Encendí la luz de la habitación y cerré los párpados hasta que me fui acostumbrando al dañino resplandor. Una cucaracha se ocultó en las sombras.

—Pero ¿qué demonios pasa en este pueblo de mierda…?

Permanecí inmóvil y escuché más atento. Luego, me vestí en un santiamén y me dirigí a la puerta del balcón. Giré despacio la llave, sin hacer el más mínimo ruido, y la abrí lentamente.

Un viento helado me acarició la cara y sentí frío. Seguía lloviendo más y más, sin tregua.

El balcón era largo y comunicaba con todas las habitaciones de aquella parte del hostal, es decir, la catorce, quince y dieciséis. Desde allí, la altura hacia la calle era considerable, al ser la parte delantera de la fonda.

Aunque el ruido de la lluvia no me dejaba escuchar los lamentos, avancé como una sombra sin dudar. Me dirigía a la habitación dieciséis, donde por la tarde había visto entrar al extraño individuo envuelto en tinieblas.

XVI

Un pequeño muro, aproximadamente de un metro de altura, separaba los balcones de cada habitación. Lo salté sin problemas y pasé hacia el otro lado, con cuidado de no tropezar con unas macetas, con plantas muertas, que había allí.

Miré a la calle y sentí algo de vértigo, y volví a preguntarme qué demonios hacía. Sin embargo, no di la vuelta y continué hacia adelante. Llegué a la altura de la puerta de la habitación y, para mi asombro, me encontré con las cortinas descorridas, dejando abierto un hueco de unos veinte centímetros en el centro.

La luz de la habitación estaba encendida. Me asomé y lo que contemplé aquella oscura noche de tormenta me impresionó de tal manera que, aún hoy en día, no consigo dormir con tranquilidad cuando me abrazan las sombras de la madrugada.

—¡Dios mío! —susurré en un suspiro, horrorizado.

XVII

Lo que vi a través de la cortina de la ventana nunca se borrará de mi mente.

Había dos personas desnudas, de uno y otro sexo, copulando encima de la cama: ella con las manos apoyadas en el colchón y él, detrás, realizando un continuo movimiento. Además, toda la habitación estaba llena de cucarachas grandes y rojas: las paredes, el suelo y la propia cama.

Desde donde me encontraba no veía bien a la mujer. Sin embargo, podía observar con claridad el terrible cuerpo, escamado y rojizo, del hombre, o lo que realmente fuera *aquello*, pues más bien parecía un monstruo humanoide. Y me dio la sensación de que se parecía a un insecto gigante.

Me quedé paralizado, con la sangre helada en las venas, mientras escuchaba los gemidos de la fémina y contemplaba extasiado el movimiento de la bestia, hasta que retrocedí por instinto y torpemente le di con la pierna un golpe a una maceta grande, donde se hallaba el tallo seco de una planta. Esta se precipitó al suelo, pero no pude sostenerla, cayó y se rompió en varios pedazos.

—Mierda —susurré.

Ante tal sonido, la bestia de la alcoba se paró en seco y miró hacia el balcón con un movimiento lento de cabeza.

—Mierda —repetí—. ¡No puede ser!

Ante mí tenía a una criatura horripilante, con facciones humanas pero ojos de insecto, ¡de ávida cucaracha!, y con dos antenas de unos veinte centímetros que surgían de su frente, retorcidas en espiral, como una escalera de caracol. Pero ¿qué demonios era ese ser? ¡De nuestro mundo estaba seguro que no!

—¡Dios mío! —me dije, despavorido.

En aquel momento, la mujer se giró también hacia mí y pude observar con claridad su rostro sudoroso: era la propietaria del hostal.

XVIII

Durante un instante no supe qué hacer, pero al momento una luz de alarma se encendió en mi mente aterrada.

La bestia se separó de la mujer. Se volvió más hacia mí y me miró con ojos de odio. Sentí un escalofrío. Pareció pararse el tiempo y unas gotas de sudor frío me mojaron la cara y la espalda, y hasta las manos.

—¡Atrápalo, joder! —gritó súbitamente la mujer, como loca—. ¡Atrápalo, atrápalo…!

Retrocedí en un impulso, mientras el ser agarraba tan fuerte el pomo de la cerradura con sus terribles manos que tembló toda la puerta. Entonces, de un impulso, salté el muro que separaba los balcones y corrí como nunca. Estuve a punto de resbalar y caer, pero en un último momento recobré el equilibrio y continué.

Entré en mi habitación apenas unos segundos antes de que la bestia llegara. Cerré con llave cuando se disponía a entrar.

—¡Mierda!

La bestia gritó, al tiempo que escupía una especie de bilis verdosa por su boca asquerosa; yo arrastré la cama para impedirle que entrara. Conseguí mi propósito, cogí mi mochila —el neceser quedó olvidado en el baño— y salí de la habitación como alma que lleva el diablo.

XIX

Cuando salía de la habitación y me encaminaba hacia el piso de abajo, me sobresalté al encontrarme con la propietaria del hostal. La mujer estaba completamente desnuda. Sus pechos eran grandes y caídos, y su piel, de cuello para abajo, extrañamente rojiza.

—¿Dónde crees que vas? —inquirió con voz aguda, levantando la mano derecha y dejando ver un cuchillo de grandes dimensiones, y se lanzó hacia mí—. ¿Dónde…?

—¡Vete al diablo, hija de puta! —exclamé, retrocediendo un poco y pegándole seguidamente una patada fuerte en el estómago, sin compasión alguna.

El cuchillo se le cayó al suelo y aproveché para darle una patada. La mujer se retorció de dolor y empezó a maldecir, a insultarme y a amenazarme.

—¡Cabrón, te voy a matar…!

Cuando giraba el pasillo y bajaba las escaleras, la bestia —o lo que fuese— salía de su habitación muy irritada y furiosa.

XX

Bajé los escalones de dos en dos —y hasta de tres en tres, aunque no lo recuerdo muy bien—, corriendo como un perturbado. Tropecé y casi caí al suelo, pero seguí con mi loca huida, desesperado.

Pasé el mostrador del hostal y me encaminé por el pasillo oscuro, cuando horrorizado contemplé cómo miles de cucarachas empezaban a corretear por el suelo y las paredes. «Dios, ¿qué está pasando?», pensé.

Escuché un ruido a mi espalda. Volví la cabeza y vi al monstruo que corría, a cuatro patas, tras de mí. Era sumamente espantoso.

Las cucarachas empezaron a subir por mis pantalones; yo me las quitaba con violencia. Y cuando al final abrí la puerta del hostal, decenas de ellas volaban hacia mí.

—¡No! —grité.

Luego sentí la mano del monstruo sobre mi hombro. Me giré y le pegué un puñetazo en su espantosa cara. Chilló y me escupió el líquido verdoso que había expulsado antes, en el balcón de mi habitación, y aunque se derramó en la chaqueta, a la altura del pecho, una pequeña parte me salpicó al cuello y sentí que me quemaba.

Antes de salir a la calle, me impulsé de nuevo hacia atrás y volví a golpearlo en su pecho acorazado. En aquel momento, cientos de cucarachas volaban excitadas por doquier. Luego cerré con fuerza la puerta detrás de mí y me perdí en las sombras de la noche.

XXI

Han pasado dos meses desde que me ocurrió este extraño suceso.

Cuando salí de aquel siniestro hostal, monté en mi coche y puse rumbo hacia Murcia, conduciendo con temeridad. Antes de salir de la población observé, absorto, a varias personas, hombres y mujeres, que permanecían inmóviles por varios puntos de la calle. Simplemente miraban al cielo de nubes y agua. Al enfocarlos con las luces de mi coche, contemplé sus rostros redondeados y sus ojos saltones de batracio, ¡tan poco humanos!

En un principio, pensé erradamente que el suceso me afectaría solo a la psique —empecé a tener pesadillas—, pero después comprobé que el líquido que me había quemado parte del cuello me estaba debilitando, me abrasaba por dentro el pecho y las entrañas.

Empecé a soñar, y aún sueño, con Arhamuk, Enarog, Arhakak y Tull-a Uj, y aunque no los conozco, sé que son grandes señores de las estrellas, arcanos dioses del cosmos desconocido; son los moradores de lo oscuro.

XXII

Hoy, después de pensarlo con detenimiento, me he decidido.

Al llegar del trabajo he hecho la maleta mientras miles de blatodeos corretean por todo el piso, pero no me molestan en absoluto. De hecho, me gusta su presencia.

Dos horas después, tras dejar atrás la autovía, me introduzco en una carretera solitaria plagada de curvas. Miro mi rostro en el espejo retrovisor y solo veo oscuridad: está cambiando y cada vez es más redondeado.

La llamada es terrible, cada vez más fuerte. Ahora no hay vuelta atrás, me dirijo a San Lorenzo.

El tormento de los árboles olvidados

Árboles en parajes olvidados,
bajo amargas estrellas
—y orbes de muerte—,
¡oh! martirios incognoscibles.

I

San Lorenzo es un pueblo pequeño y deslucido, alejado de la ciudad y de las demás poblaciones de la zona. Se halla emplazado en tierras solitarias, entre los tristes campos oriolanos cercanos a un embalse de aguas azules turquesas y una abundante masa frondosa de árboles de coníferas que pintan tenuemente de verde las montañas.

Está en una zona donde el viento de levante sopla con fuerza, como cantando una luctuosa canción de muerte, como revelando la inminente llegada de la eterna dama de manto negro y piel blanca y fría como la gélida nieve que cubre las elevadas montañas de las comarcas interiores provinciales, bastante más al norte.

Aunque soy oriundo de la zona, San Lorenzo es un pueblo que poco, o nada, me gusta. Ni sus casas, ni sus tierras, ni sus gentes. Tras regresar de la ciudad hace más de un año, vivo en la localidad desde mi separación matrimonial y posterior divorcio traumático. Y pienso que, aquí, algo oscuro lo envuelve todo, sobre todo las sombras al llegar el triste anochecer. Algo oscuro y tétrico.

II

El tiempo pasa lánguidamente. Las flores de los almendros anuncian la llegada de la primavera, antesala del verano caluroso, ardiente como las mismísimas llamaradas rojas de las tinieblas, el fuego del infierno.

En otoño, la estación de la tristeza, se puede observar un paisaje desolador y hechizante. Un paisaje embrujado por los demonios de las profundidades de las tierras o de los océanos, por los monstruos que moran en el silencio y que gobiernan cada abismo cósmico del universo que no tiene fin, del multiuniverso imperecedero.

Así vienen y se van las partes o tiempos en que se divide el año, os lo puedo asegurar con certeza, como evidente es la vida efímera o la muerte terrible y eterna.

Y al fin llega el diciembre seco y el viento frío de invierno, que acaricia las marañas de espinas de los campos, arrulla las hojas de los árboles con sus manos invisibles y entona una canción de profunda angustia.

III

Me llamo Yago y soy escritor, amante desde siempre de las letras, de la historia, de la filosofía y de la buena lectura en general. Autor de un gran número de relatos y libros de género oscuro: la violenta novela negra policíaca y el terror.

Aun así, y a mi pesar, mis ingresos actuales son insuficientes para vivir desahogadamente. Sin embargo, visto cómo se encuentra el desastroso mercado literario, no me puedo quejar, pues trabajo para una prestigiosa editorial, cada vez más conocida en todo el ámbito nacional.

Por lo demás, tengo treinta y seis años, vivo solo y soy hasta esquivo, me gusta la música *rock* y no practico ningún deporte.

Como ya he indicado antes, estoy divorciado y resido solo en la casa de mis padres, quienes fallecieron agónicamente en un desafortunado accidente de tráfico hace ya cuatro años, cerca de mi casa, tras salirse su coche de la carretera, chocar con un árbol e incendiarse hasta quedar por completo calcinado. ¡La vida es injusta a veces!

Tengo una hermana que vive en la vecina Murcia, donde trabaja como profesora de psicología en la universidad pública. Está casada, es madre de una niña y esposa de un hombre al que no aprecio ni poco ni nada. Por ese motivo, apenas me relaciono con ellos.

Tampoco mantengo buena relación con mi exesposa; ella vive con mis dos hijos pequeños y su actual pareja en la capital comarcal, en el piso que nos compramos hace ya bastantes años, cuando era feliz.

IV

Mi casa es grande. Tiene dos plantas y un sótano. En la parte inferior, se encuentra la cochera y, al otro lado, traspasando una puerta de madera, están un pequeño baño, el desordenado salón comedor, la cocina, igualmente repleta de utensilios que casi nunca utilizo, y un patio interior con plantas muertas, pues olvido a menudo regarlas, sobre todo cuando recaigo en mis habituales depresiones, que me arrastran hacia el desconsuelo y la sinrazón, hacia la tristeza de las enfermedades mentales, al caos que habita con frecuencia en mi mente.

En la parte superior, hay cuatro habitaciones y dos baños, uno de ellos dentro de la habitación de matrimonio de mis padres, a la que nunca entro porque es fría y sombría, porque siento cierto temor extraño, sobrenatural, como si de repente, en la nada, surgieran los fantasmas de mis progenitores entre llamas azules y rojas, gritando y agitándose horrorosamente mientras sucumben, mientras me piden ayuda y me suplican compasión. El otro baño está en el pasillo, entre mi habitación y la de mi hermana. Y la cuarta alcoba es donde trabajo, en la que paso más tiempo. Allí tengo mi escritorio con el ordenador portátil y numerosos libros en las dos grandes estanterías que cubren las paredes. Desde la ventana, puedo contemplar los deshabitados campos oriolanos que tanto me abruman y entristecen.

Debo reconocer que desde mi vuelta a la vivienda familiar aún no me he acostumbrado al sepulcral y macabro silencio que la ciñe, como el resplandor misterioso del crepúsculo al envolver una hilera de nichos olvidados en un cementerio viejo.

V

Sucumbió la estación de las hojas muertas y entró bruscamente el invierno frío e impiedoso.

En la televisión no paraban de anunciar la llegada de un temporal que asolaría durante días y días la península, que cubriría de blanco gran parte de la elevada meseta central, en especial la submeseta norte, lugar en el que las temperaturas bajan mucho, aunque la submeseta sur tendría también las mismas probabilidades de bajas temperaturas y, en general, todos los sistemas montañosos de cualquier lugar geográfico.

Bajé al piso inferior, en silencio. Accedí entre sombras a la cochera y desde allí llegué al sótano. Encendí la luz, una luz tenue de bombilla, y me dirigí hacia los armarios donde guardaba parte de la ropa de invierno, la más gruesa.

Al abrir un armario salió un insecto volando, una polilla rojiza, y me sobresalté. De repente, el aire sopló arriba y una puerta se cerró bruscamente. Sentí un sudor frío que me recorrió la frente y la espalda. Desde niño siempre me estremecía al bajar al piso inferior.

Sin más, sin alargar mi permanencia allí, cogí la ropa y salí con rapidez de aquella especie de tumba subterránea.

VI

Las aguas serenas del embalse se extienden con elegancia bajo los rayos de luz del astro rey.

Aunque desde las carreteras cercanas no se aprecia con claridad, las orillas de los matorrales donde los pescadores pasan las horas en silencio, ansiosos por atrapar a sus presas como un ave rapaz nocturna a un pequeño roedor perdido en la oscuridad, están llenas de botellas y cristales, de plásticos y restos de comida, de papeles y de las demás basuras por el estilo.

—¡Pescadores! —susurro para mis adentros furibundo, contemplando las playas del embalse con la mirada fría, apretando los puños, chirriándome los dientes al apretarlos—. No saben respetar nada.

Me enfurece que la gente sea así de despreciable. En ocasiones, siento ganas de asaltar a algún pescador solitario y, entre las sombras de la tarde, arremeter con furia contra él y hacerle comprender de una vez, a base de golpes si es necesario, que su mugre no es bien recibida en estos parajes de hermosa tristeza.

VII

Por las tardes me gusta caminar hasta el pie de las montañas próximas antes del ocaso, cuando la luz inunda las tierras y las tinieblas se agitan en su morada oscura, anhelando resurgir aviesamente y cubrirlo todo con sus brazos desdichados de confusión y silencio.

El matiz y el tono tenue de especial colorido de los árboles les hacen parecer enfermos, como pintados en un lienzo siniestro de un pintor chiflado, pálidos como la misma muerte de terrible mirada. Por desgracia, no se asemejan en nada a las inmensas arboledas de los húmedos y lejanos parajes del centro o del norte del país; deben aclimatarse a las tremendas sequías que nos asolan continuamente, año tras año, sin compasión, o sucumbir.

Cuando los observo de cerca, recuerdo unos versos que compuse hace un tiempo para un poemario que nunca llegué a publicar, que yace muerto en el fondo de un cajón de mi escritorio, cuando de nuevo me abrumaban las sombras, y que dice así:

> *Oh, campos de sequía, tristes y olvidados,*
> *de árboles de alma atormentada,*
> *devastáis mi corazón bajo las estrellas del firmamento*
> *mientras la pavorosa oscuridad me acaricia*

en una noche de frío invierno.
Me gritáis con un canto de muerte,
me reprocháis con terrible mirada:
con mirada vacía,
con mirada muerta.
Oh, campos de sequía, tristes y abandonados,
desde mi oscura alcoba silenciosa os contemplo;
desde mi oscura alcoba silenciosa vislumbro, abrumado,
el tormento de los árboles olvidados.

VIII

A veces recuerdo el pasado con impotencia y desánimo.

Me casé muy joven, nada más terminar mis estudios en la universidad. Entonces, de seguida, conocí a la que sería mi mujer —hoy, mi exesposa— y comenzamos a salir. Fue, sin duda, un flechazo para ambos.

Como a ella no he querido a otra mujer en toda mi vida. Ninguna ha reconfortado tanto mi corazón, ahora roto por el engaño y la traición, ahora destrozado.

—¡No quiero volver a verte! —me dijo una sofocante noche de verano, cuando las policías nacional y local se personaron en mi casa, tras ser avisadas por algún vecino que tal vez, cansado, nos escuchara discutir una vez más; y, abusivamente, sin apenas asegurarse de los hechos ocurridos, sin estar en posesión de la justa verdad, me trataron como a un vulgar delincuente.

Me sentí engañado. Ella se agitó, con el rostro desgarrado por los golpes, y por su modo de mirar y la expresión de sus ojos, sentí su terrible mirada sobre mí, su mirada llena de odio y rencor.

—¿Por qué? —me preguntó, aturdida como nunca había estado—. ¿Después de todo lo que hemos pasado juntos?

No supe qué responder.

Sonrió con malicia y creí ver la demencia en sus ojos. Luego, los agentes me redujeron, mientras yo protestaba, totalmente trastornado, con los puños ensangrentados. Me esposaron con violencia y me trasladaron a la comisaría.

Entonces comenzó mi calvario.

IX

A media tarde marchaba hacia mi casa, tras dos horas de caminata.

En la calle donde vivo hay solo una decena de casas, repartidas por igual a cada lado de la vía, separadas algunas por solares o casas derruidas, inhabitables desde hace mucho tiempo, cuando el pueblo no había comenzado aún a ir a menos como ahora. Se halla a las afueras de la población, en la vieja carretera que se dirige hacia las montañas más cercanas, el monte llamado La Fuente.

Caminaba abstraído en mis pensamientos cuando me tropecé con un vecino de avanzada edad, que entraba en aquellos momentos a su vivienda.

El viejo aceleró el paso.

—Buenas tardes —saludé.

—Buenas tardes —dijo el miserable sin girarse.

«Maldita gente», pensé.

—Hoy hace buen día —comenté animado.

El viejo se detuvo en seco y se volvió hacia mí.

—Sí que lo hace, Yago —dijo con voz trémula.

—Buena tarde para caminar...

—Sí —asintió de nuevo—. Aunque mis viejos huesos ya no están para mucho.

—Debes hacer el esfuerzo, Vicente —le dije, sonriendo amistosamente.

—La edad —indicó con rostro temeroso, y sin más entró en su casa sin despedirse y cerró la puerta al momento.

—Extraña gente —susurré, continué caminando y entré en mi vivienda.

X

Al día siguiente se cubrió el cielo con nubes negras y cayó un fuerte aluvión de agua antes de que el viento alejara las nubes hacia otros lares y retornara una vez más un frío tiempo de aridez y devastación.

Desde la ventana del salón, con la luz apagada, observaba cómo afuera caía la lluvia sin interrupción.

Encendí la radio y sintonicé una emisora de amplitud modulada (AM), el Canal Clásico. Subí la intensidad del sonido. Las notas de los violines, los clarinetes, las flautas y los demás instrumentos musicales propios de una orquesta inundaron la estancia llena de sombras. Además del *rock*, me gustaba la música clásica.

De improviso, sentí un escalofrío y creí vislumbrar una bestia monstruosa, parecida a un anfibio gigante que agitaba con violentos ademanes sus brazos en el centro de la sala, mientras chillaba con voz infernal.

Con el corazón latiendo acelerado en el pecho, cerré los ojos, pero al abrirlos al instante ya no había ningún ser frente a mí; solo se escuchaba la música.

—Pueblo maldito —murmuré a las tinieblas de la estancia, estremecido y sudoroso—. Pueblo embrujado…

XI

Las sombras de la noche envolvían San Lorenzo, el perverso pueblo de mis ancestros, mi pueblo, donde había vivido hasta cumplir la mayoría de edad, antes de desplazarme a la ciudad, y que ahora por infortunio volvía a ser mi hogar, mi oscura morada tenebrosa.

En la calle no había un alma, absolutamente nadie. El viento entonaba una terrible canción, una marcha fúnebre. Era un lugar sin luz que se extendía sin fin más allá de las últimas viviendas, donde no había alumbrado público, y en el que la oscuridad era absoluta, como las fauces de un demonio de los mundos ocultos de la existencia. La temperatura ambiente era muy baja, demasiado para esta tierra yerma y desamparada.

Me encontraba perdido donde la luz muere. Las almas se agitaban con agonía, los muertos chillaban en las sombras. Sentí terror.

Al fin me detuve, abrí la puerta de mi casa y la cerré de golpe, dejando atrás a la muerte, a su guadaña y a su manto negro.

XII

Otra vez miraba a través del cristal de la ventana del salón.

Había estado trabajando en mi última novela gran parte del día y me sentía mentalmente agotado, consumido por completo.

Ya no llovía, pero una espesa niebla flotaba entre las casas asolando, por una parte, las almas de los buenos, pero, por otra, alegrando los corazones sombríos. Nunca había visto una niebla tan siniestra como la de San Lorenzo, tan infame. De eso no tengo dudas.

—La bruma del infierno —susurré en el silencio.

Y sucedió algo insólito, ya que de súbito apareció entre la niebla la figura de un hombre alto enfundado en un traje negro como el alma de un diablo del averno. Me sobresalté.

Sus ojos brillaron con la luz de la calle. Abrió la boca y sonrió con malicia, mostrando unos dientes largos, afilados y sucios, ennegrecidos.

Con un impulso agarré la cortina y la plegué. Respiré profundamente y, con la mano temblorosa, la ladeé un poco y miré atento: ya no estaba el tipo de mirada macabra y dientes afilados. No había nadie en la calle.

—¡Oh, Dios! —exclamé frotándome los ojos, aterrado.

XIII

Sobre mi cabeza parecían volar mil demonios que se sacudían con violencia, como quien desesperado pronto verá la muerte ante las garras de su asesino. Eran espíritus errantes y terribles, perversos como el hombre de traje negro que había observado desde mi ventana.

Me asfixiaba un ambiente rancio, arrojándome impiedosamente hacia la demencia más feroz de la complicada mente humana, como arrancando la esencia de mi ser, el núcleo de mi alma, mi espíritu, y lanzándolo sin piedad ni clemencia hacia el fuego más abrasador de lo profundo, lo más oculto del cosmos infinito, donde habitan los malditos.

Sentí náuseas y vomité en el suelo. Me toqué las sienes y percibí los latidos del corazón.

—¡Oh, Dios! —repetí—. ¡Otra vez no!

De nuevo, el abismo de la sinrazón se apoderaba de mí. Ya nada podía hacer. Absolutamente nada.

XIV

Los demonios me atormentaban cuerpo y mente, abrumaban mi alma eterna.

Me desgarraron la piel con sus afiladas zarpas como cuchillos de carnicero. La sangre cubría ahora el suelo. Se relamían los labios entre risotadas maliciosas y terribles, bebían mi sangre y comían mi carne, saciando así su vil apetito. Me sacaron los ojos con sus uñas largas. Sentía sus alientos fétidos y podía percibirlos cuando se movían violentamente en las tinieblas, mientras me acosaban impacientes, ávidos como hienas, crueles como alimañas de los bosques.

Se escucharon llantos. Había más víctimas como yo, más torturados que chillaban y suplicaban desconsolados por sus miserables vidas que ya no importaban a nadie, que ya no valían nada.

Volví a tener ojos. Me los palpé y me miré las manos, aturdido.

Me recompuse y saqué valor de mi alma.

—¡Atrás! —les grité a las bestias, extasiado ante tanto horror—. ¡Volved a las tinieblas!

Pero se rieron a carcajadas y volvieron a atacarme en la bruma onírica de la pesadilla que me afligía.

XV

Dos días después de la monstruosa pesadilla, caminaba en silencio por la playa del embalse, rodeado de calma y tranquilidad, pero también de la basura que cubría las marañas y la arena.

Alcancé un montículo de piedras y de repente observé al otro lado a un hombre delgado, sentado de espaldas a mí en una silla playera, sujetando una caña apaciblemente, ajeno a mi presencia.

En el suelo, a su lado, había un bote de cerveza y más allá el papel de aluminio que había envuelto su bocadillo, o eso supuse.

«Malnacido», pensé mientras me subía la sangre a la cabeza. Sin embargo, no solo me fastidiaba la cuestión de la basura, sino que odiaba profundamente que pescaran en el embalse, y más si eran pescadores de fuera, de otros pueblos de la comarca.

Sin hacer el más mínimo ruido, me puse de nuevo en marcha. El pescador no se percató de mi presencia.

«Te vas a enterar», me dije, pensando que le daría tal lección que otra vez reflexionaría antes de tirar la basura al suelo o de volver a pescar allí.

Moví la cabeza, escrutando con la mirada, y sonreí. Me agaché, cogí una piedra y la apreté fuertemente con la mano derecha, pensando que solo la utilizaría en caso de necesidad.

Soplaba el viento helado, pero no tenía frío. En ese momento, el corazón me latía con rapidez en el pecho. Ya estaba muy cerca.

Por mi mente pasaron mil pensamientos y recordé la mirada inhumana del hombre de negro que había visto dos días antes desde la ventana de mi salón. Era una mirada de reptil o de anfibio, o acaso de pez. No lo recordaba bien, pero, en definitiva, era una mirada de bestia, inexplicablemente familiar, de un ser oscuro de los distantes y sombríos mundos del cosmos, más allá de nuestro sistema solar y de la vieja Vía Láctea.

Casi había alcanzado al pescador cuando escuché una exclamación que me sobresaltó. El hombre se giró hacia su derecha y levantó la mano mientras hablaba en un idioma extranjero, de algún país de la Europa del Este.

Me frené en seco, retrocedí con rapidez unos metros y me escondí detrás de unos grandes matorrales. Desde allí observé minuciosamente y descubrí que acababa de llegar otro hombre, alto y fuerte, un mastodonte, un supuesto amigo del anterior por el tono amigable de su voz.

El recién llegado desplegó una silla y se sentó a su lado, y al momento lanzó el anzuelo de su caña y se puso a pescar mientras conversaban.

XVI

Caminé con premura entre la vegetación hasta estar lo suficientemente lejos de los pescadores. Tiré la piedra al suelo y pensé que estaba huyendo sin motivo, pues no había hecho nada.

No sabía qué hacer. Me senté en el suelo y contemplé por largo tiempo las apacibles aguas.

—Hermoso embalse —susurré.

Miraba la belleza del lugar, absorto en mi mundo interior, cuando de manera espontánea algo se movió bajo las aguas. Me extrañé.

Ese *algo* volvió a sacudirse, con más fuerza todavía, y miles de burbujas emergieron de repente hacia la superficie.

—Pero ¿qué demonios es eso? —me pregunté a mí mismo, atónito.

¿Cómo podía existir una criatura tan grande que moviera así las aguas? ¡No tenía ni la más remota idea! Que yo supiera, allí solo había peces de menor tamaño, alguna que otra tortuga y poco más.

Me levanté. Vi cómo emergían más burbujas de otra zona, y luego de otra, y así hasta de una decena de sitios diferentes.

No daba crédito a lo que veían mis ojos. Y ocurrieron más cosas misteriosas aquel frío día de invierno. En el silencio de la tarde, escuché gritos desesperados, de horror, de los individuos que acababa de dejar atrás.

—¡Socorro! ¡Ayuda! —gritaron con acento extranjero—. ¡Ayuda…!

—¡Mierda! —exclamé.

Di media vuelta y, sin saber bien qué pasaba, comencé a correr hacia la carretera, al lugar en el que había dejado estacionado mi coche.

Algo en el fondo de mi ser me decía que tenía que escapar de allí.

XVII

Seguía reflexionando sobre lo ocurrido en el embalse. ¿Qué criaturas habitaban bajo sus aguas? ¿Qué había ocurrido para que los dos pescadores pidieran ayuda desesperadamente? Todo era muy raro.

No obstante, sabía que dentro de unos días lo habría olvidado todo. Sonreí.

Aquella noche tuve extraños sueños con el hombre de traje negro y con algunos vecinos de la población que conocía. Todos ellos me perseguían por las calles. Sus terribles rostros eran inexplicablemente semejantes los unos a los otros: tenían ojos grandes y caras redondeadas como las de los sapos, y caminaban algo encorvados, saltando ligeramente.

Por suerte logré escapar, pero desde la lejanía observé cómo atraparon a varios conocidos y comenzaron a morderles con avidez, como bestias.

—¡Ayúdanos! —me suplicó Vicente, mi vecino, con el rostro cubierto de sangre, mirándome a los ojos, desesperado—. ¡Por favor!

—¡Ayúdanos, Yago! —clamaba su mujer, aterrada.

Los monstruos les mordieron con más rapidez hasta que sus gritos fueron apagándose como se apaga la llama de una vela que se extingue.

Abrí los ojos y salí de la pesadilla. No pude aguantar más y vomité a los pies de la cama.

XVIII

Llevaba varios días sumido en sombras, quizás desequilibrado, soñando con la muerte. No entendía bien qué me ocurría y, en ocasiones, confundía el mundo real de vigilia con el incorpóreo plano onírico, el mundo de los sueños.

—Es la depresión —me dije al fin.

Sin muchas ganas, comí apenas un pedazo de pan con un trozo pequeño de lomo de cerdo y decidí dar un paseo hasta el monte. Quería despejarme, volver a ser yo.

No encontré a nadie en la calle, y pronto me adentré en un camino rural cada vez más inclinado, entre los pálidos árboles. Llegué a una zona elevada y me senté en una piedra grande.

Desde arriba el paisaje era hermoso, pero a la vez triste. El pueblo se veía allá abajo, al pie de las montañas, cercado por una sombra horrorosa, por una misteriosa sombra que no era de este mundo.

Y miré al cielo, al hermoso firmamento. Allí donde bien sabía que moraban criaturas de considerable poder, los señores del universo, mis ancestros.

Y sonreí.

XIX

Ya oscurecía cuando me puse de nuevo en marcha. Nada más llegar al pueblo me encontré con varias personas que me observaban a través de las ventanas de sus casas. Era enigmático, pero parecían asustadas.

—¡Qué gente más rara! —susurré.

No me gustó y apuré el paso. Cambié de orientación en una esquina de la calle y de golpe aparecieron al menos siete u ocho individuos. Los conocía a todos, por supuesto. Eran vecinos de San Lorenzo, gente huraña, de mediana edad y algunos ya ancianos.

Los observé fugazmente: sus caras eran verdaderamente horribles y me recordaron a los individuos que me habían perseguido en mis sueños días atrás. Entonces una luz iluminó mi mente y me alarmé.

—¡Son ellos! —me dije, boquiabierto.

¡Sí, estaba en lo cierto! Aquella gente de ojos saltones y rostros redondeados como batracios era la misma que me había hostigado en sueños. Pero ¿qué demonios estaba pasando?

Seguí caminando como si nada, pero con el corazón latiendo con fuerza en mi pecho.

—Yago —me llamó un hombre de mediana edad, algo mayor que yo. Lo conocía de vista, aunque nunca le había dirigido la palabra ni sabía su nombre—. Tenemos que hablar contigo.

—Ahora tengo prisa —dije con voz nerviosa.

—Es importante…

—En otra ocasión —le corté, y casi corrí hasta llegar a mi casa.

No intentaron alcanzarme, ni siquiera insistieron en llamarme. Sin embargo, sentí sus terribles miradas.

XX

De madrugada escuché ruidos en el piso de abajo. Me levanté, me puse la bata de casa y bajé las escaleras.

Llegué al salón y no vi nada raro. Comprobé si estaban bien cerradas las puertas, tanto la de la calle como la de la cochera y la del patio, y, efectivamente, lo estaban. En fin, habrían sido imaginaciones mías. Me tranquilicé.

Cuando me disponía a subir de nuevo, sentí una ráfaga de aire frío que recorría el salón.

—¡Oh! —exclamé alarmado.

Retrocedí con rapidez, pero tropecé con el mueble y caí al suelo. Entonces fui testigo de los hechos que allí ocurrieron: una luz brillante apareció en el centro de la estancia y de la nada emergió un ser infernal con cara de batracio, enorme, de al menos dos metros de envergadura.

—¡Arhakak! —bramó el ser, alargando sus terribles brazos hacia mí—. ¡Arhakak!

Creí desfallecer.

Entonces abrí los ojos y dejé atrás el mundo onírico. Había sido otra pesadilla.

XXI

Escribía en mi alcoba de trabajo cuando llamaron a la puerta.

Bajé y, al abrirla, me encontré con el hombre de traje negro y con varios individuos más. Todos de aspecto horripilante.

En la acera de enfrente, mi vecino Vicente abrió la puerta de su casa, nos observó durante un instante y volvió a cerrarla con premura, sin salir de la vivienda.

—¿Qué queréis? —pregunté, entre aterrado y malhumorado.

—Hablar contigo —respondió el hombre de traje negro, el cabecilla del grupo.

—Sí —asintió otro hombre.

La sangre se me heló en las venas.

—Pasad y sentaos —me escuché decir al fin.

XXII

Me contaron muchas cosas y ahora puedo dormir tranquilo.

Nada había ocurrido por casualidad: ni mis depresiones, ni mis sueños, ni mis alucinaciones, ni mi vida oscura llena de sombras, ni siquiera lo sucedido en las aguas del embalse, ni lo que irremediablemente sucedería en las profundidades de la tierra o en las cumbres de las montañas. Ahora reflexiono con claridad en las sombras.

Cuando me miro al espejo puedo observar con más claridad unos ojos saltones y una cara redondeada tan parecida a un anuro.

Arhakak es mi verdadero nombre y no soy de este mundo. Soy un hijo de las estrellas.

La habitación negra

En los umbrales del caos,
más allá de nuestro mundo,
más allá de todo aquello
que vagamente conocemos,
nacen de luz siniestra
nuestros padres de las estrellas.

I

Llegaba el crepúsculo y con él las sombras que surgían siniestras en el silencio envolvían con sus oscuros brazos todo aquello que se hallaba bajo sus extensos dominios: casas, árboles, aguas y campos.

El sol moría agónico en el horizonte, mientras la luna de plata renacía una noche más como un hechizo interminable.

Los pájaros abandonaban el cielo escarlata y se cobijaban en sus nidos de los árboles o de la vegetación, mientras los búhos y los mochuelos abrían los ojos a las tinieblas, así como otros pequeños depredadores nocturnos que habitaban en aquellos montes de abetos y pinos, y campos desolados de almendros y olivos. Las gentes, protegidas en sus casas, se sentaban frente a las llameantes chimeneas. Y el viento susurraba sin descanso en aquel desolador invierno de lluvia y hielo.

II

El plenilunio era visible en toda la noche y su luz brillaba en su máximo esplendor, plateada y embrujadora. Una luna llena de vida como un niño de sonrisa alegre y cabellos revueltos un día tormentoso de otoño agitaba mi corazón y mi alma. Me arrastraba hacia lo más terrorífico y desconocido: aquello que mora en los mundos ocultos de la existencia, donde la bruma es compañera fiel de cada monstruo de largos colmillos y garras trituradoras, cada monstruo de los planos sutiles y pavorosos, e inimaginables para los simples humanos de carne, sangre y hueso, del multiuniverso.

Entonces lo vi en la luz tenebrosa y supe al momento que con un único movimiento podría partirme por la mitad y devorarme en solo cuestión de segundos.

El monstruo giró más su espantosa cabeza hacia mí, abrió sus fauces y empezó a moverse con lentitud, paso a paso. Vi que de su boca brotaban baba y espuma asquerosas. Intenté correr, salir del salón, alcanzar la entradita de la casa y llegar a la calle, pero inexplicablemente no pude; algo me lo impedía con fuerza. Me atrapaba como un potente imán.

Cada vez estaba más cerca…

—¡Dios mío…!

Más cerca aún…

—¡No!

Aterrado, cuando ya sentía su fétido aliento en mi cara y la muerte sonreía de oreja a oreja ante mí, abrí los ojos y abandoné la horrible pesadilla que me atormentaba.

III

Afuera, la lluvia caía con fuerza y sin pausa, ensordecedora como el graznar de un cuervo de negro plumaje, desoladora como una sepultura donde se pudre el cuerpo de una hermosa y joven fémina de ojos sombríos, cabellos enmarañados y piel de hielo.

Abrí el libro que leía en aquellos momentos, *Las flores del mal,* del maestro literato y poeta francés Charles Baudelaire, un poeta maldito, y, pese a las sombras existentes en el salón de la vivienda, comencé a decir en voz baja:

SEPULTURA

Si en una noche lenta y oscura
un hombre bueno y apiadado,
en una vieja sepultura
entierra tu cuerpo alabado,

cuando callen las espadañas
y las estrellas se queden frías,
hilarán su tela las arañas,
las víboras parirán crías.

Y por toda oración tus oídos
escucharán largos aullidos
de lobos, de brujas gritando…

Continué leyendo el poemario, abrumado con cada lóbrega palabra, al tiempo que la lluvia fría que caía daba la impresión de que ladraba como un perro rabioso y que las horrendas imágenes de mis extraños sueños se formaban en mi castigada mente.

IV

Mientras comía en el más absoluto silencio, escuché un sonido que provenía del piso superior. Era un silbido débil e insignificante, como el zigzagueo de una sierpe o el zumbar de un insecto, apenas audible. Paré de cenar en seco e, instintivamente, miré la hora que marcaba el reloj: eran las nueve y seis minutos de la noche.

Sin saber por qué, se me erizó el vello de los brazos y deduje que aquel sonido era extraño y aterrador. «Pero ¿por qué?», me pregunté. No lo sabía, pero era aterrador. De eso estaba seguro.

Levanté mi viejo culo de la silla y me puse en marcha. Subí la escalera, llegué al rellano del piso superior y escuché con atención.

—La habitación de invitados —susurré.

Sí, en efecto, el sonido procedía de la habitación de invitados, antaño de mi pobre hijo, situada junto a la mía propia.

Sentía que el corazón me latía fuerte en el pecho y me reproché no haber cogido de la cocina ningún cuchillo o algún utensilio parecido. ¿Y si era algún animal, tipo roedor, que se hubiera colado por cualquier agujero? ¿O un reptil, o quizás una serpiente?

A continuación, abrí la puerta de la cámara y fugazmente contuve la respiración. Luego, me tranquilicé. La habitación estaba vacía; allí no había animal o bicho alguno, ni roedor ni sierpe ni nada parecido.

V

Abrí la puerta que daba a la calle y salí al zaguán exterior. Observé con curiosidad: la calle estaba desierta y el agua avanzaba con rapidez hacia el centro de la población para desembocar después en la rambla. En efecto, había parado de llover tan fuerte y en esos momentos solo caía una leve llovizna.

—No durará mucho así —me dije, mirando las nubes negras del cielo que se extendían por doquier, amenazantes como los colmillos largos de un lobo o las garras asesinas de un úrsido, tenebrosas como el alma del fratricida que sonríe ante su indefensa víctima, en las sombras más espeluznantes de la oscuridad.

De repente, la niebla apareció en la calle, blanca, turbadora y mágica. Abstraído, pasé allí como unos minutos, solo observándola, hasta que retornó de nuevo el temporal y salí del encantamiento.

—Ya empieza otra vez —me dije, frunciendo el ceño.

No me había equivocado.

VI

Residía en un pueblo pequeño, más concretamente en una pedanía oriolana, de nombre San Lorenzo, situado entre montes y campos, cerca de un embalse de aguas tranquilas y celestes como el cielo infinito e inexplorado. Limítrofe con la hermanada provincia de Murcia, de donde provenía —en su totalidad— la familia de mi padre. En cambio, los padres, los abuelos y los bisabuelos de mi madre eran todos de la zona. Por lo menos eso mismo me había dicho ella cuando aún vivía.

La población se situaba al pie de las montañas, no muy apartada de la carretera principal, a unos dos kilómetros —poco más o menos—, en parajes solitarios y, en cierto modo, tristes.

—Hijo mío, ¡te echo tanto de menos! —exclamé, afligido y pensativo. Estaba sentado en el sofá del salón—. Y a ti también, amor.

Besé la foto que portaba en mis temblorosas manos, donde estábamos los tres juntos y reíamos: mi mujer y mi hijo, ya fallecidos, y yo.

Sin embargo, había pasado el tiempo y habían sucedido hechos desgraciados que nos marcaron para siempre. Ahora me encontraba solo en aquel pueblo pequeño de estrechas calles y sombrío como la misma muerte.

VII

Al día siguiente dejó de llover y decidí dar un paseo hasta la carretera principal, por el camino contiguo a la rambla. Miré al cielo y comprobé que aún persistían nubes de tormenta, por lo que cogí un paraguas. No me fiaba de aquel tiempo tan inestable.

Nada más salir a la calle, el viento fresco me heló el rostro. La humedad era máxima.

—¡Qué frío! —exclamé mientras me subía la cremallera del abrigo hasta arriba del todo y me colocaba un gorro en la calva cabeza.

Tardé como unos minutos para cruzar las calles y solo me topé con un vecino: un hombre hosco, algunos años mayor que yo, al que obviamente conocía. En un pueblo pequeño todo el mundo se conoce, y más si te has criado en él y has vivido casi setenta largos años, es decir, toda tu vida.

—Buenos días, Jesús —le saludé.

—Buenos días, Gabriel —dijo el hombre, devolviéndome el saludo.

—Aún hay nubes —comenté mirando al cielo.

—Sí, pero la tormenta más fuerte está por llegar aún —indicó.

—Entonces sí que será fuerte —sonreí a me-dias—, porque hasta ahora ha llovido bastante. Demasiado para la zona y el pueblo.

—Sí —asintió serio, moviendo la cabeza—. Los demonios están excitados.

VIII

La verdad es que San Lorenzo no es un pueblo de gente acogedora, más bien todo lo contrario. Los vecinos de la pedanía son reservados en exceso, desatentos y hasta groseros. Muchos de ellos trabajan fuera, en las ciudades o en los pueblos cercanos, y solo regresan a sus oscuras viviendas cuando cae la noche aciaga. En general, son gente extraña, o dicho de otra manera, *somos* gente extraña, pues yo también debo incluirme, por supuesto. Aunque también es seguro que todos estamos bastante unidos entre nosotros, unos a otros, como una gran familia.

Terminé de desayunar y me acerqué a la ventana del salón. Ladeé un poco la cortina y vi a uno de mis vecinos de enfrente en la puerta de su casa. Era un hombre de unos cuarenta y pico años, de pequeña envergadura, piel morena y pelo corto negro, con los ojos saltones y el rostro redondo, semejante al de todos los hijos de San Lorenzo, o de gran parte de ellos.

Observé que se movía nervioso y que agitaba la cabeza extrañamente a uno y otro lado mientras miraba hacia el cielo.

Recordé que Jesús me había dicho que los demonios estaban excitados. Y bien cierto que era.

IX

Leía —sentado cómodamente en el sofá— un extraordinario relato de terror del escritor norteamericano Allan Poe cuando escuché los mismos sonidos extraños que había sentido dos días antes. Me levanté al instante, cogí un cuchillo de grandes dimensiones de la cocina, para protegerme de lo desconocido, y subí cauteloso por las escaleras.

Una vez arriba, comprobé que los ruidos provenían nuevamente de la oscura habitación de mi hijo, lugar en el que sombras tenebrosas de recuerdos se extendían por cada recoveco.

Accioné la manivela de la puerta, pulsé el interruptor de la luz con la mano izquierda, mientras sujetaba con fuerza el cuchillo con la diestra, entré y realicé una minuciosa inspección de la silenciosa cámara, la habitación negra. Los ruidos habían enmudecido nada más agarrar la manivela de la puerta. ¡Qué raro!

De nuevo, no encontré nada anormal.

X

La luz lo iluminaba todo. Sin embargo, y aunque pareciese extraño, era de noche.

Sí, era de noche, cuando las alimañas dejaban atrás sus madrigueras y se internaban por el sendero de la muerte, siempre al acecho en cada sombra; o cuando las estrellas brillaban en el firmamento negro, como luciérnagas en la oscuridad; o cuando el sol moría al ocaso y el cielo rojo pintaba un paisaje siniestro y a la vez hermoso, y el suave viento movía las ramas de los árboles desnudos, sin hojas.

Entonces, ¿por qué aquella luz lo iluminaba todo? ¿Por qué los rayos emergían ante mis narices como brota el agua de las piedras en el nacimiento de un río o un arroyo de montaña?

«Estoy en un sueño», pensé, acertadamente. Y las sombras me atormentaban.

XI

Me despertó un sonido atronador. Un sonido que no procedía de la habitación de mi hijo —ahora la habitación de invitados— ni de ningún otro lugar de la triste y sombría vivienda, sino del exterior, de las tinieblas que surgían en la oscuridad a cada momento, como blatodeos entre la inmundicia de las cloacas o leviatanes en los infiernos, más allá de todos los mundos conocidos por los humanos, los devastadores de cada palmo del planeta, pero sencillos seres subordinados a los dioses —o demonios— cósmicos que habitan allá lejos, en las estrellas.

—Otra vez llueve, ¡y fuerte! —observé, inquieto, en la cama.

En efecto, Jesús estaba en lo cierto: había vuelto la tormenta.

XII

Afuera era aún de noche y reinaba un silencio absoluto, como el de una tumba de huesos y gusanos blancos y voraces.

Caminaba por el pasillo, a la altura de la habitación de invitados, cuando me detuve en seco.

—¡Dios santo! —apenas pude decir.

En el centro de la alcoba había surgido una luz intensa, justo encima de la cama, que resplandecía como mil astros. Parecía un portal terrorífico hacia otra dimensión de la existencia.

De repente, creí observar una sombra terrible que se movía, una sombra de horror, de ojos rojos y enfermos, que observaba desde el otro lado. Entonces todo se difuminó, sentí vértigos y mi mente quedó en blanco.

Sin saber cómo, bajé a la estancia inferior, alcancé el teléfono y marqué.

—Urgencias 112, ¿en qué puedo ayudarle? —pre-guntó el interlocutor.

XIII

Se presentó una ambulancia en mi domicilio, donde fui asistido por personal médico.

—Tiene la tensión disparada —dijo la doctora, una mujer muy joven que bien podría tener la edad de mi nieta.

—Sí —asintió el enfermero, un hombre alto y gordo, de unos cincuenta años de edad.

Me bajaron la tensión y tras hacerme varias pruebas y comprobaciones, antes de marchar, la doctora se volvió hacia mí.

—No ha sido grave, pero si vuelve a encontrarse mal, contacte de nuevo.

—De acuerdo.

—¿Vive solo? —me preguntó el enfermero.

—Sí —asentí.

—Pero ¿tiene familiares cerca? ¿O amigos?

—Amigos del pueblo —respondí.

—Pues llame a alguno y coméntele lo que le ha pasado —me aconsejó—. Y si le vuelve a ocurrir, como le ha dicho la doctora, que lo acerquen al hospital.

—Muchas gracias.

Se despidieron y se marcharon.

XIV

No habían pasado ni cinco minutos desde que se había ido la ambulancia cuando llamaron a la puerta.

Miré por la mirilla y la abrí al momento. Era una patrulla de la Guardia Civil compuesta por dos agentes masculinos.

—Buenos días, ¿ha llamado usted al 112? —preguntó el más alto de ellos, con seriedad.

El otro agente no habló, si bien su cara me pareció ligeramente familiar.

—Sí —respondí—, pero ya me encuentro mejor. Acaba de irse la ambulancia.

—La hemos visto —afirmó—. ¿Podría facilitarnos su DNI para identificarlo?

—Sí, claro, lo tengo dentro —dije—. Pero pasen, que hace mal tiempo y se mojarán.

Volvía a llover de nuevo.

Entramos los tres en la casa y me dirigí a la mesa del comedor, donde había dejado todos los documentos sanitarios y mi cartera con el DNI.

—Tenga usted.

Cuando le acercaba el documento de identidad, lo llamaron por teléfono.

—Disculpe, déselo a mi compañero, por favor —dijo, y salió a la calle para atender la llamada.

El otro agente anotó mis datos en una libreta pequeña, observó minuciosamente la casa y luego me percaté de que me clavó su penetrante mirada antes de preguntarme:

—¿Qué le ha ocurrido? —me interrogó con autoridad, inquisidor, y con un tono de voz áspero.

—La tensión —respondí—. La tenía muy alta.

—Normal, la llamada de Arhamuk es muy fuerte.

Se me puso la piel de gallina y abrí los ojos desorbitados.

—¿Perdón?…

XV

Justo en aquel momento entró de nuevo el otro guardia civil que estaba hablando por teléfono fuera de la vivienda.

—¿Le has tomado nota ya? —preguntó a su compañero, con la voz acelerada.

—Sí —asintió el otro, sosegado.

—Pues vámonos, nos llaman de la central: hay otra urgencia.

Acompañé a los agentes hasta la puerta que daba a la calle.

—Si vuelve a sentirse mal, llámenos —dijo el más alto de los dos agentes.

Su compañero esperó a que el otro se alejara un poco.

—Están excitados, Gabriel —explicó—. Como se imaginará, yo soy de la zona: mis abuelos son de San Lorenzo y los abuelos de mis abuelos. Soy *familiar* suyo, por supuesto. Aquí todos somos familiares.

Yo asentí.

—Y los familiares estamos para ayudarnos. Cualquier cosa que necesite, avise a un *hermano* próximo. ¿Lo entiende?

—Sí, claro.

—Estamos también en otros sitios, hasta en los puestos y los cargos más influyentes de todos los países. Nada ni nadie podrá pararnos. Adiós.

—Adiós.

XVI

Llegaba el crepúsculo y, sentado en el sofá del salón, disfrutaba de la lectura de un libro de poesía bastante oscuro, de un escritor francés muerto muchos años atrás, cuando entre unas páginas encontré una hoja de libreta doblada y vieja.

La desplegué y me encontré con un poema que había escrito yo mismo —al menos esa era mi letra— hacía ya un tiempo, unos diez años, toda una década. Pero lo más insólito de todo es que no estaba escrito en castellano ni en ninguna otra lengua conocida, sino en un extraño idioma cuya traducción aproximada era esta:

UNIVERSO IGNOTO

En los confines del universo,
más allá de nuestro mundo,
más allá de todo aquello
que vagamente conocemos,
nacen de luz siniestra
nuestros padres de las estrellas,
nuestros dioses y señores;
y duermen en las tinieblas

esperando poder resurgir en la noche
y llegar hasta nosotros
y conquistar el mundo entero
al grito de: «¡Arhamuk es grande!
¡Arhamuk es poderoso!».

Surgirá el caos y el desaliento:
tempestades y plagas,
terremotos,
ríos de lava y otras calamidades
que sufrirá el mundo entero;
y las estrellas relucirán en la noche,
alabando a los señores,
mostrándoles el camino a seguir
para gobernar todos los planos
de la existencia.
Por eso, hoy grito:
«¡Arhamuk es grande!
¡Arhamuk es poderoso!».

—¡Arhamuk! —exclamé boquiabierto.

Era el nombre que había pronunciado el agente.

XVII

Leía el poema, como hipnotizado, una y otra vez, hechizado con cada extraña palabra y con su resolutivo e inequívoco significado.

«Arhamuk, Arhamuk», sonó una voz en mi mente, con una fuerza increíblemente intensa. «¡Arhamuk es grande, Arhamuk es poderoso!». «Duermen en las tinieblas, esperando poder resurgir en la noche, y llegar hasta nosotros y conquistar el mundo entero…». «Surgirá el caos y el desaliento: tempestades y plagas, terremotos, ríos de lava y otras calamidades que sufrirá el mundo entero…».

¿Quién era Arhamuk? ¿Por qué ese simple nombre me hacía temblar desde la cabeza a los pies, como si yo fuera una simple marioneta de papel movida por unas cuerdas o una cometa de plástico de un niño mecida por el viento? ¿Qué significaba todo aquello?

Entonces, en el silencio más tenebroso, las luces de la lámpara del comedor y el tubo fluorescente de la cocina empezaron a parpadear con intensidad, sacándome de improviso de mi ofuscación.

—Arhamuk —murmuré.

Afuera tronó y comenzó a llover como nunca.

XVIII

Dormía inquieto en mi cama, soñando con demonios de otros mundos, cuando alguien llamó al timbre de la puerta. Miré el despertador y eran las dos horas y veintitrés minutos de la madrugada.

—¿Quién será ahora? —me pregunté mientras mi corazón latía rápido en mi pecho, como un caballo desbocado.

Me puse la bata de estar en casa y bajé precipitado las escaleras. Alcancé la puerta de entrada y sin más la abrí.

Me encontré con varios vecinos del pueblo que conocía: Marcos, Manuel, Raquel, Samuel y algunos más jóvenes de los que no recordaba sus nombres. También estaban Jesús, el anciano que me había encontrado cuando salí días atrás a caminar, y Pedro, mi vecino de enfrente, que parecía que había perdido la cordura con la tormenta.

—Sentimos su fuerte presencia aquí —dijo Marcos con toda la seriedad del mundo.

Manuel asintió con un movimiento de cabeza.

—Pasad —indiqué—. Es arriba, en la habitación de invitados.

XIX

Todo lo que sucedió a continuación aún hoy lo recuerdo con cierta confusión, como si solo hubiera ocurrido un sueño, o más bien una pesadilla.

—Arhamuk, Arhamuk —comenzamos a entonar como posesos—. ¡Arhamuk es grande, Arhamuk es poderoso!

—¡Ven a nosotros, Arhamuk! —exclamó Marcos, como líder del grupo.

Un haz de luz apareció en el centro de la alcoba y, poco a poco, apareció la puerta dimensional y con ella se dejó ver brevemente el terrorífico Arhamuk, nuestro dios. Las luces de la casa se encendían y se apagaban continuamente, mientras de fondo se escuchaba el ruido propio que producía la lluvia que caía con intensidad.

Pasaron lentos los minutos hasta que la puerta se formó por completo y observé una garra negra donde antes no había nada. Luego surgió otra y al momento vi el rostro enorme de Arhamuk, sus largos colmillos y sus tres ojos inyectados en sangre. Sentí un horror profundo que me arrastró hacia las sombras más recónditas.

—*Aku asam nuka* —bramó la bestia en el idioma de las estrellas, y supe qué había dicho: «Arrodillaos ante vuestro Señor».

De inmediato me arrodillé, como lo hicieron todos. Sin embargo, la bestia no se calmó y nos miró con odio y maldad.

—*Aaka Arhamuk* —repitió Arhamuk, cuyo significado era: «Yo soy Arhamuk».

Y para nuestra sorpresa, sus garras atraparon el cuello de un compañero y comenzaron a cerrarse con fuerza hasta que su cabeza salió disparada para caer cerca de mí.

Una mujer comenzó a gritar. La bestia se giró hacia ella y le clavó una garra en el estómago y empezó a vomitar sangre hasta perecer; luego comenzó a devorarla.

«Nos matará a todos», pensé alarmado. Sin embargo, no quise moverme; estaba aterrado. Al contrario, uno de los hombres más jóvenes intentó huir, pero tropezó y también fue atrapado por las garras del asesino y descuartizado sin compasión.

XX

Cuando creí que todo estaba perdido, la luz de la puerta dimensional fue disipándose con medio Arhamuk aún en el otro lado.

La bestia gritó e intentó cruzar el portal, pero no lo logró y volvió a su mundo de sombras, colérica.

Limpiamos la habitación y metimos los cuerpos en grandes bolsas.

—Esta vez no ha podido ser —dijo Marcos antes de marcharse, inmutable; varios de los presentes lo afirmaron así—. Pero seguiremos esperando con paciencia su llegada.

Asentí.

XXI

Hace ya un año que ocurrió esta historia y el terrible Arhamuk no ha vuelto a dar señales de vida, aunque, por cierto, sigue apareciéndose en mis pesadillas.

No obstante, según las últimas noticias, se avecina una enorme borrasca que tal vez traiga algo más que viento y lluvia.

Nota del autor

Tras largas y largas horas inmerso en el tenebroso mundo cósmico del maestro H. P. Lovecraft, decidí escribir estos relatos en su memoria, como impulsado por una extraña *luz* que surgió del cielo.

Espero que les gusten.

Miguel Costa

Sobre el autor

Miguel Costa nació en Murcia (España) en 1975. Estudia el grado de Geografía e Historia en la UNED y desde muy joven es aficionado a la lectura, sobre todo a la literatura fantástica, de terror y policíaca. Es seguidor empedernido de escritores como Stephen King, R. A. Salvatore, J. R. R. Tolkien, Gustavo Adolfo Bécquer o Edgar Allan Poe, entre otros.

Es miembro fundador del grupo literario de escritores de género fantástico Círculo de Fantasía y autor de la saga de novelas de fantasía épica *Los Señores del Edén*, de los libros de relatos *El Pasaje del Diablo, El mercader y el samana, El sendero de la sangre,*

Las voces de la demencia y *Cantos de Tierra Leyenda*, de los poemarios *Para Virginia* y *En tierras de penumbra*, y de *El umbral oscuro*, una antología de relatos de terror con la escritora Virginia Alba Pagán, al igual que el poemario *Versos de Medianoche*. Y pertenece a la Asociación Literaria Cultural La Estación de las Palabras.

En 2019 queda finalista en el «V Concurso de Haikus», de la Librería Haiku de Barcelona, siendo publicado su poema en un libro de la editorial Shinden Ediciones.

Desde julio de 2020, escribe para Academia Play, una plataforma española de aprendizaje a través del formato vídeo y de la publicación de artículos en Internet.

También ha participado en las antologías de relatos *Dragones de Stygia* y en los poemarios *Versos de Stygia I* y *II* y *Cantos de Stygia I* del Círculo de Fantasía. Así como en el libro *Relatos en la caja* del club de lectura Jacaranda, perteneciente a la Asociación Cultural Jacarilla 2012. Y han sido publicados sus relatos *Blatodeo* y *El hostal* en las revistas *Círculo de Lovecraft y Blaster*, en ese orden; y sus poemas *El lago de Estigia* y *El mundo de los muertos* en el n.º 6 de la revista Preternatural de la editorial Pulpture.